Darwin's Game

3

FLIPFLOPs

"DARWIN'S GAME" ! C'EST QUOI ?
LANCEZ-VOUS DANS LE DARWIN'S GAME !
Darwin's Game est un jeu social gratuit ! [FREE]
Lorsque vous remportez des combats, vous gagnez des points échangeables contre des cadeaux ou de l'argent !
POINTS ET NIVEAUX
Plus vous gagnez de points, plus votre niveau augmente.
Monter dans le classement vous permet de débloquer diverses fonctions !
Vous recevez régulièrement un nombre de points basé sur votre niveau.
Le moyen le plus rapide de gagner des points est de remporter des duels. Plus le niveau de l'adversaire vaincu est élevé, plus la récompense le sera !
Si vous gagnez un combat sans subir de dégâts, vous pouvez vous emparer de tous les points de votre adversaire ! Visez le Perfect !
POINTS GAGNÉS LORS DES COMBATS
NIVEAU D 10 pt
NIVEAU C 30 pt
NIVEAU B 120 pt
NIVEAU A 600 pt
NIVEAU B 12 pt
NIVEAU A 60 pt
J'AI GAGNÉ !
TU AS INTÉRÊT À FAIRE CE QUE JE DIS, À COMMENCER PAR LÂCHER TON ARME !
L'activation de son sigil permet à Kaname de battre la Reine Invincible, ce qui convainc la jeune fille de former une alliance avec lui et de lui apprendre les règles du "D-Game". De son côté, le sergent Tagonaka, qui enquête sur les actes de vandalisme urbain, entend pour la première fois les mots "Darwin's Game" de la bouche du commissaire Ayanokoji !

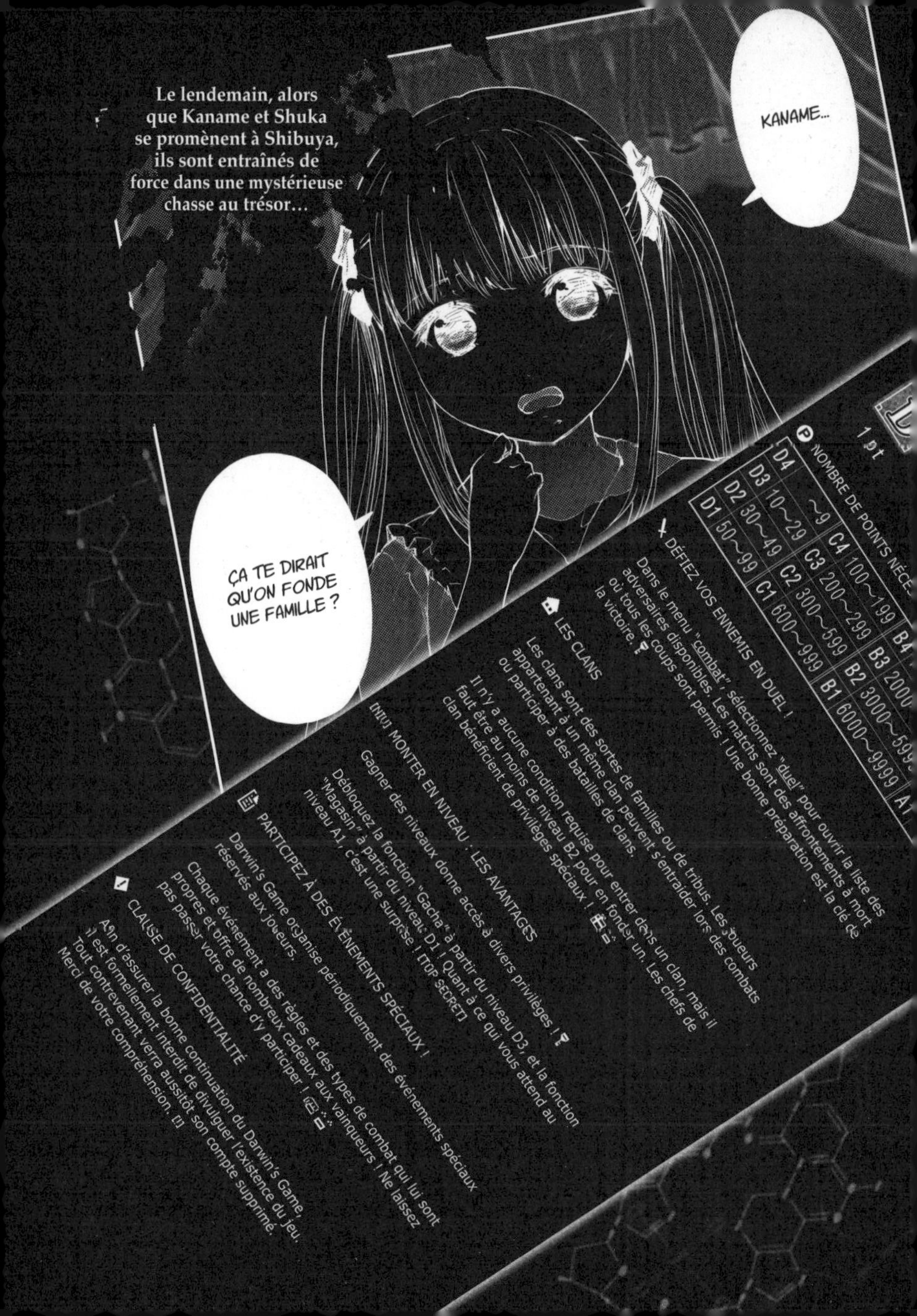
Le lendemain, alors que Kaname et Shuka se promènent à Shibuya, ils sont entraînés de force dans une mystérieuse chasse au trésor…
KANAME…
ÇA TE DIRAIT QU'ON FONDE UNE FAMILLE ?
1 pt
NOMBRE DE POINTS NÉCE
D4 ~9
D3 10~29
D2 30~49
D1 50~99
C4 100~199
C3 200~299
C2 300~599
C1 600~999
B4
B3 2000
B2 3000~599
B1 6000~9999
A1
DÉFIEZ VOS ENNEMIS EN DUEL !
Dans le menu "combat", sélectionnez "duel" pour ouvrir la liste des adversaires disponibles. Les matchs sont des affrontements à mort où tous les coups sont permis ! Une bonne préparation est la clé de la victoire.
LES CLANS
Les clans sont des sortes de familles ou de tribus. Les joueurs appartenant à un même clan peuvent s'entraider lors des combats ou participer à des batailles de clans.
Il n'y a aucune condition requise pour entrer dans un clan, mais il faut être au moins de niveau B2 pour en fonder un. Les chefs de clan bénéficient de privilèges spéciaux !
MONTER EN NIVEAU : LES AVANTAGES
Gagner des niveaux donne accès à divers privilèges !
Débloquez la fonction "Gacha" à partir du niveau D3, et la fonction "Magasin" à partir du niveau D1 ! Quant à ce qui vous attend au niveau A1, c'est une surprise ! [TOP SECRET]
PARTICIPEZ À DES ÉVÉNEMENTS SPÉCIAUX !
Darwin's Game organise périodiquement des événements spéciaux réservés aux joueurs.
Chaque événement a des règles et des types de combat qui lui sont propres et offre de nombreux cadeaux aux vainqueurs ! Ne laissez pas passer votre chance d'y participer !
CLAUSE DE CONFIDENTIALITÉ
Afin d'assurer la bonne continuation du Darwin's Game, il est formellement interdit de divulguer l'existence du Jeu.
Tout contrevenant verra aussitôt son compte supprimé.
Merci de votre compréhension.

Volume 3
Darwin's Game
005
Game 09
051
Game 10
097
Game 11
143
Game 12
189
Game ??

QUELQU'UN EST VRAIMENT TOMBÉ D'UN IMMEUBLE ?!
C'EST DU SANG ?!
ON DIRAIT UNE DE CES SCULPTURES DONT ON PARLE SUR LE NET !
À TOUS LES COUPS, C'EST ENCORE UNE PUB... ILS SONT GONFLANTS !
D'OÙ ÇA SORT ? C'ÉTAIT PAS LÀ AVANT, SI ?
BON SANG... MAIS QU'EST-CE QUI VIENT DE SE PASSER ?!
QU'EST-CE QUI SE TRAME, PAR ICI ?!
106

Game 09

150 pt
300 pt
500 pt
800 pt
1 200 pt
2 000 pt
ersonne n'a terminé le jeu au bout du temps imparti, les
t moins de trois bracelets en leur possession seront "gam
our trouver les bracelets, servez-vous de la carte et de la
ction "détection" ! (La fonction "recherche" est inutilisabl
s joueurs dans la zone dédiée à la chasse au trésor. De pl
joueur sortant de la zone de Shibuya avant la fin de l'évén
"game over".)
"CHERCHEZ LES TRÉSORS DANS LA JOIE ET LA BONNE HUMEUR"... ILS SE FOUTENT DE NOTRE GUEULE !
JE LE SENS VRAIMENT TRÈS MAL !
ET ÇA...
"SI PERSONNE N'A TERMINÉ LE JEU AU BOUT DU TEMPS IMPARTI, LES JOUEURS AYANT MOINS DE TROIS BRACELETS EN LEUR POSSESSION SERONT GAME OVER" !
DITES-LE CARRÉMENT, QUE VOUS VOULEZ QUE TOUT LE MONDE Y PASSE !
BAM

BON, DU CALME...
JE ME SUIS JURÉ DE SURVIVRE À CE JEU !
BIP
Shuka
AVANT TOUT, APPELER SHUKA...
À DEUX, ON AURA PLUS DE CHANCES DE S'EN SORTIR !
TUUUT TUUUT
HEIN ?
APPEL TERMINÉ
PAS DE RÉSEAU ?!
LES BARRES S'AFFICHENT, POURTANT !
MESSAGE
Shuka
TANT PIS, JE VAIS LA CONTACTER PAR LE CHAT DU D-GAME...
J'ai été téléporté à l'hôtel Shibuya Central Tower. Tu es où ?
BIP
J'ESPÈRE QU'ON POURRA SE REJOINDRE SANS TROP DE PROBLÈMES...
Envoyer

MESSAGE
Shuka
J'ai été téléporté à l'hôtel Shibuya Central Tower. Tu es où ?
BIP BIP
ANNONCE
C'est l'heure de la première distribution.
300 bracelets ont été éparpillés dans la zone dédiée à la chasse au trésor !
Cherchez-les en vous servant de la carte et de la fonction "détection" !
FERMER
ÇA Y EST, ÇA COMMENCE !
300 BRACELETS...
AUTREMENT DIT, PILE-POIL LE NOMBRE DE PARTICIPANTS...
VU QU'IL EN FAUT TROIS POUR ÉCHAPPER AU "GAME OVER"...
IL N'Y EN AURA PAS POUR TOUT LE MONDE ! ÇA CRAINT...
QUOIQUE...
S'ILS PARLENT DE "PREMIÈRE DISTRIBUTION", C'EST QU'IL Y EN AURA AU MOINS UNE AUTRE...
ENFIN, J'ESPÈRE !
IL FAUT SE SERVIR DE LA CARTE ET DE CETTE NOUVELLE FONCTION...
BON, JETONS UN ŒIL À LA CARTE...
EN QUOI ÇA CONSISTE, AU JUSTE ?

VOILÀ !
CES CERCLES, ÇA DOIT ÊTRE LES BRACELETS...
MAIS LEUR POSITION RESTE APPROXIMATIVE...
LA FONCTION DÉTECTION EST PEUT-ÊTRE PLUS PRÉCISE...
EN PLUS, ELLE A DÉJÀ ÉTÉ AJOUTÉE À MES APPLIS !
Détection
BIP
VOYONS VOIR...
EUH...

12:04
Détection
QU'EST-CE QUE C'EST QUE ÇA ?

ILS ONT MODIFIÉ LE PAYSAGE !
SÛREMENT UNE LUBIE DES CONCEPTEURS DU JEU...
TOUT EST EN RUINE À TRAVERS LA CAMÉRA ...

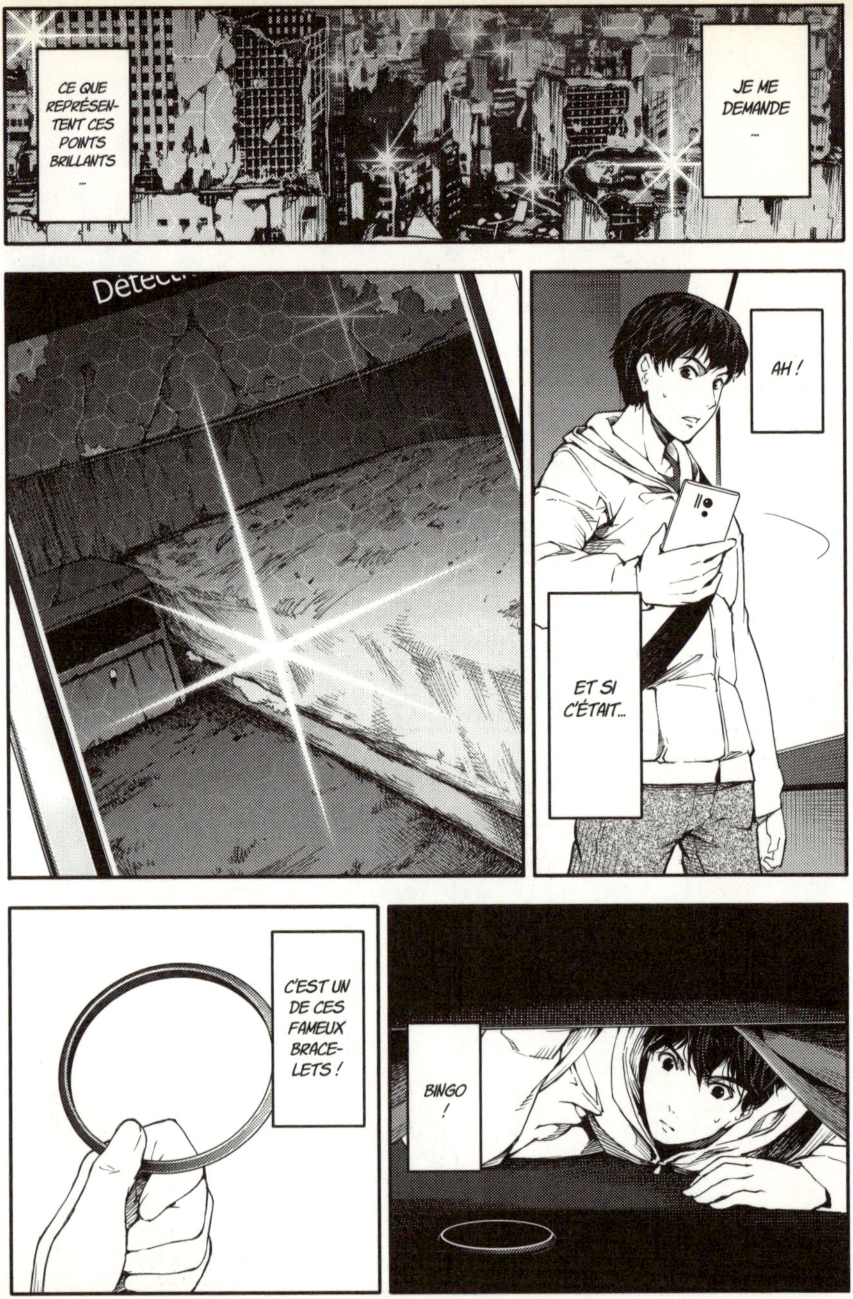
JE ME DEMANDE ...
CE QUE REPRÉSENTENT CES POINTS BRILLANTS ...
AH !
ET SI C'ÉTAIT...
BINGO !
C'EST UN DE CES FAMEUX BRACELETS !

* ENVIRON 370 000 EUROS, NDT.

AAH !
DÉJÀ UN MORT ?!
QUI L'A TUÉ ?!
MÉFIANCE... LE COUPABLE EST PEUT-ÊTRE ENCORE DANS LES PARAGES !
スカッ
FSH
AAAAH !

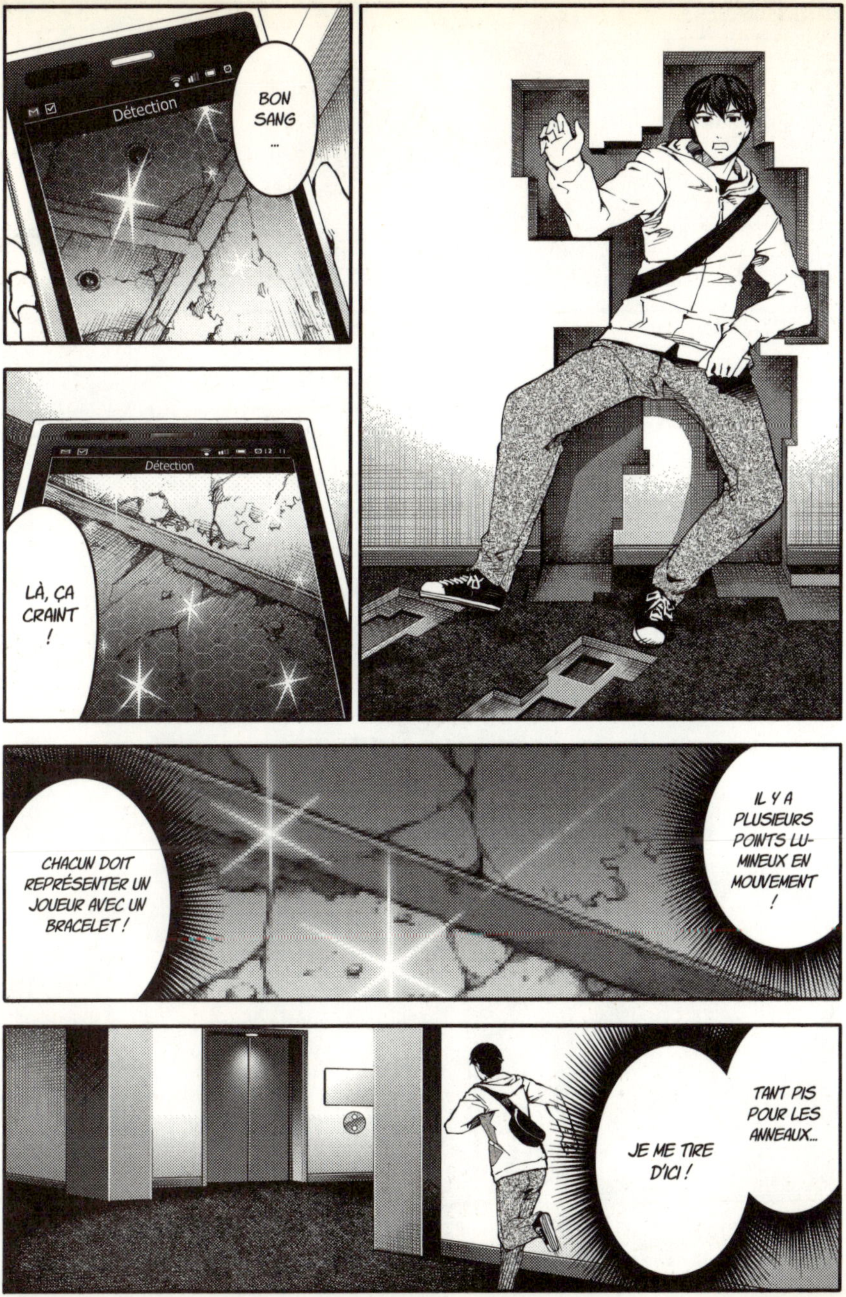
Détection
BON SANG ...
Détection
LÀ, ÇA CRAINT !
IL Y A PLUSIEURS POINTS LUMINEUX EN MOUVEMENT !
CHACUN DOIT REPRÉSENTER UN JOUEUR AVEC UN BRACELET !
TANT PIS POUR LES ANNEAUX...
JE ME TIRE D'ICI !

EST-CE QUE JE PRENDS L'ASCENSEUR ?
LE PROBLÈME, C'EST QUE SI QUELQU'UN ATTEND EN BAS DERRIÈRE LES PORTES, JE SUIS MORT !
Central Tower Shibuya Hotel
30F
Escalier de secours
Emergency Staircase
3004
3007
Ascenseurs
Elevator Hall
Toilet
3010
3012
3014
3016
IL Y A DEUX ESCALIERS DE SECOURS...
JE FERAIS MIEUX D'EN EMPRUNTER UN !
!
16
ÇA MONTE ...
QUELQU'UN ARRIVE !

IL Y A UN BRACELET DANS L'ASCENSEUR...
C'EST BIEN UN JOUEUR QUI RAPPLIQUE !
MERDE !
19
ENFIN, RIEN NE DIT QU'IL COMPTE S'ARRÊTER À CET ÉTAGE...
ET PUIS C'EST PEUT-ÊTRE JUSTE UN EMPLOYÉ DE L'HÔTEL...
NON, ATTENDS ...
J'AI INTÉRÊT À DÉGAGER EN VITESSE...
DIRECTION L'ESCALIER LE PLUS PROCHE !

CE N'EST PAS UNE BONNE IDÉE DE FUIR À L'AVEU-GLETTE !
J'AURAI MOINS DE CHANCES DE M'ÉCHAPPER SI J'IGNORE TOUT DE L'ENNEMI...
SANS COMPTER QUE JE RISQUE DE TOMBER SUR UN AUTRE JOUEUR PAR ACCIDENT !
IL SERA TOUJOURS TEMPS DE METTRE LES VOILES...
UNE FOIS QUE J'AURAI VU À QUI J'AI AFFAIRE !
IL ME FAUDRAIT QUAND MÊME UNE ARME, AU CAS OÙ...
J'AI TOU-JOURS MA MATRAQUE ÉLECTRIQUE DANS MON SAC, MAIS ÇA NE SUFFIRA PAS...

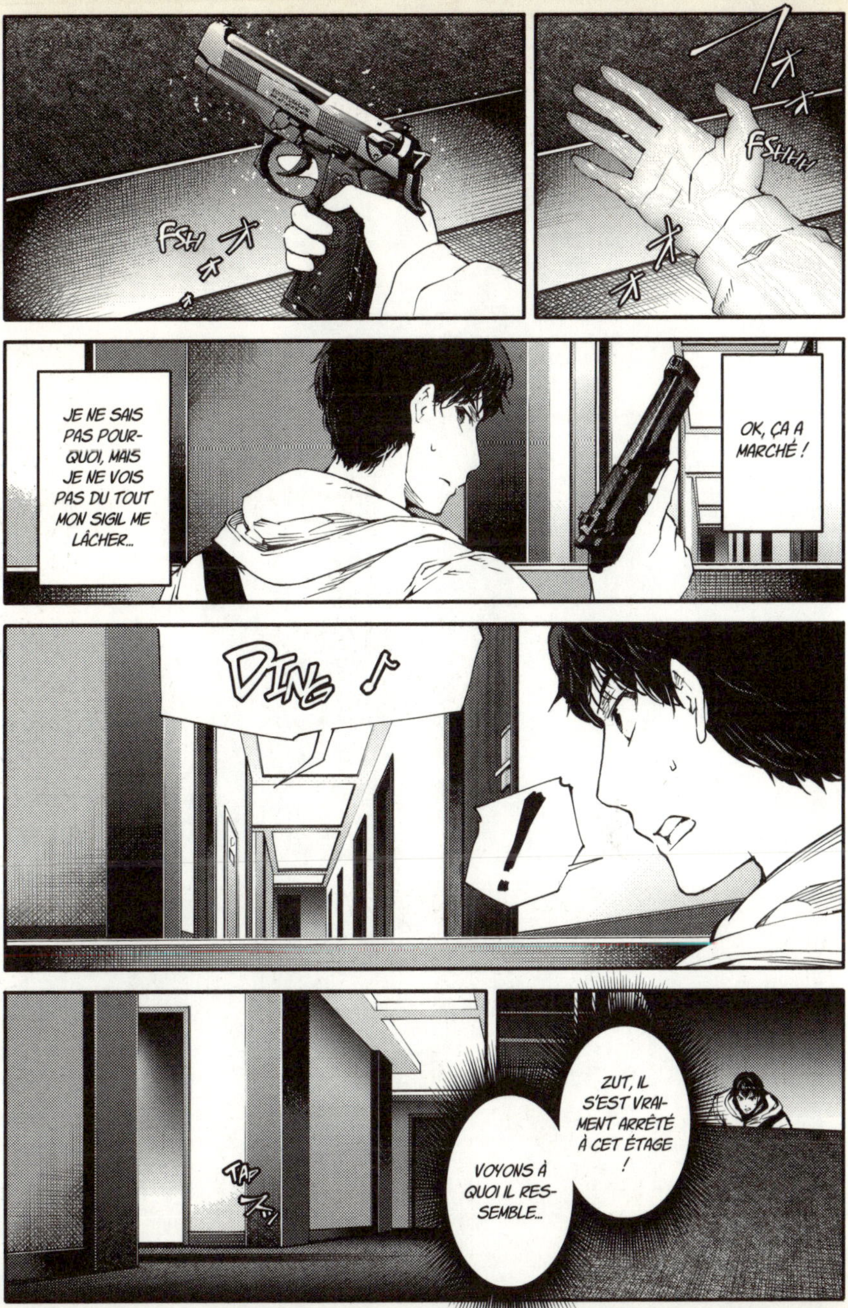
FSHHH
FSH
OK, ÇA A MARCHÉ !
JE NE SAIS PAS POURQUOI, MAIS JE NE VOIS PAS DU TOUT MON SIGIL ME LÂCHER...
DING ♪
!
ZUT, IL S'EST VRAIMENT ARRÊTÉ À CET ÉTAGE !
VOYONS À QUOI IL RESSEMBLE...
TAP

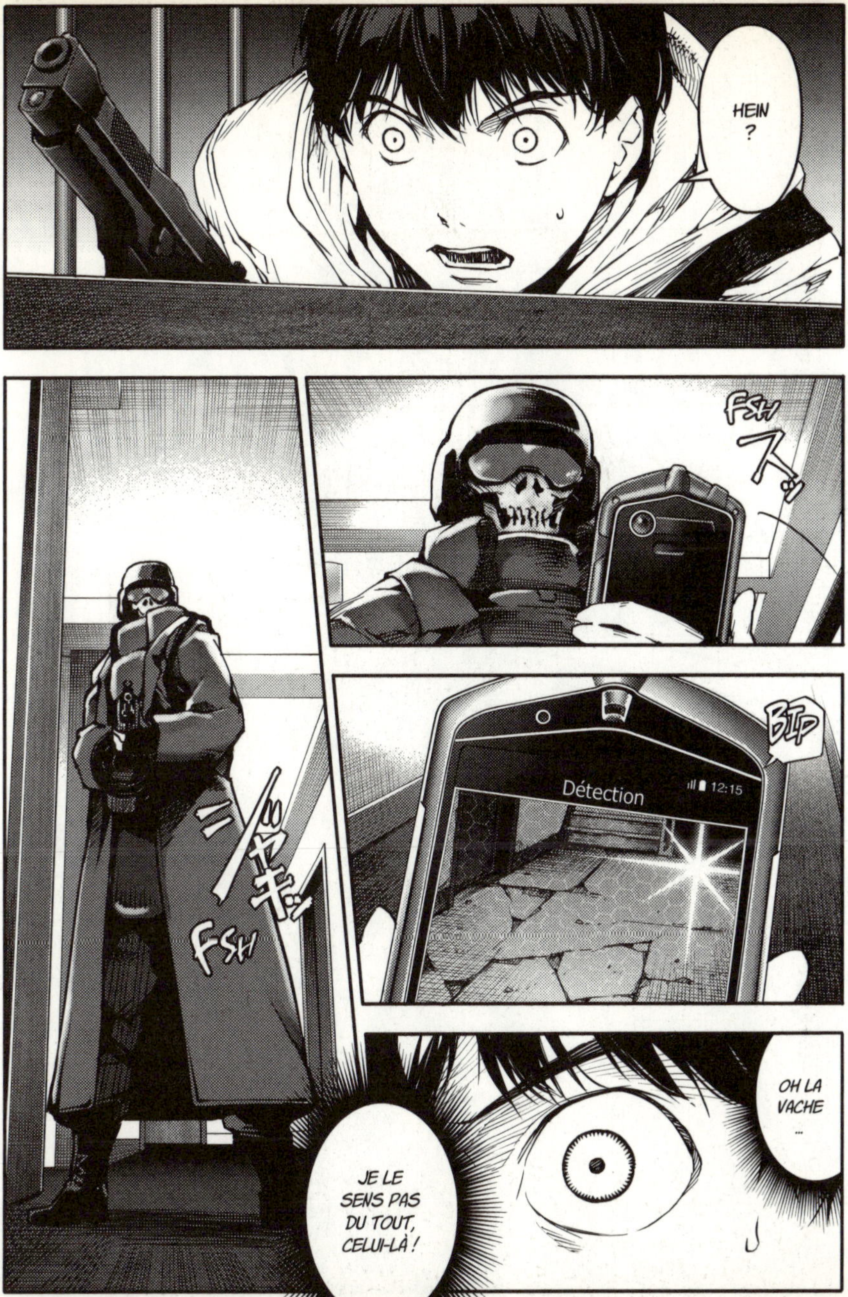
HEIN ?
FSH
スッ
BIP
Détection
12:15
FSH
OH LA VACHE ...
JE LE SENS PAS DU TOUT, CELUI-LÀ !

RATATATATA
AAAAAAH!!

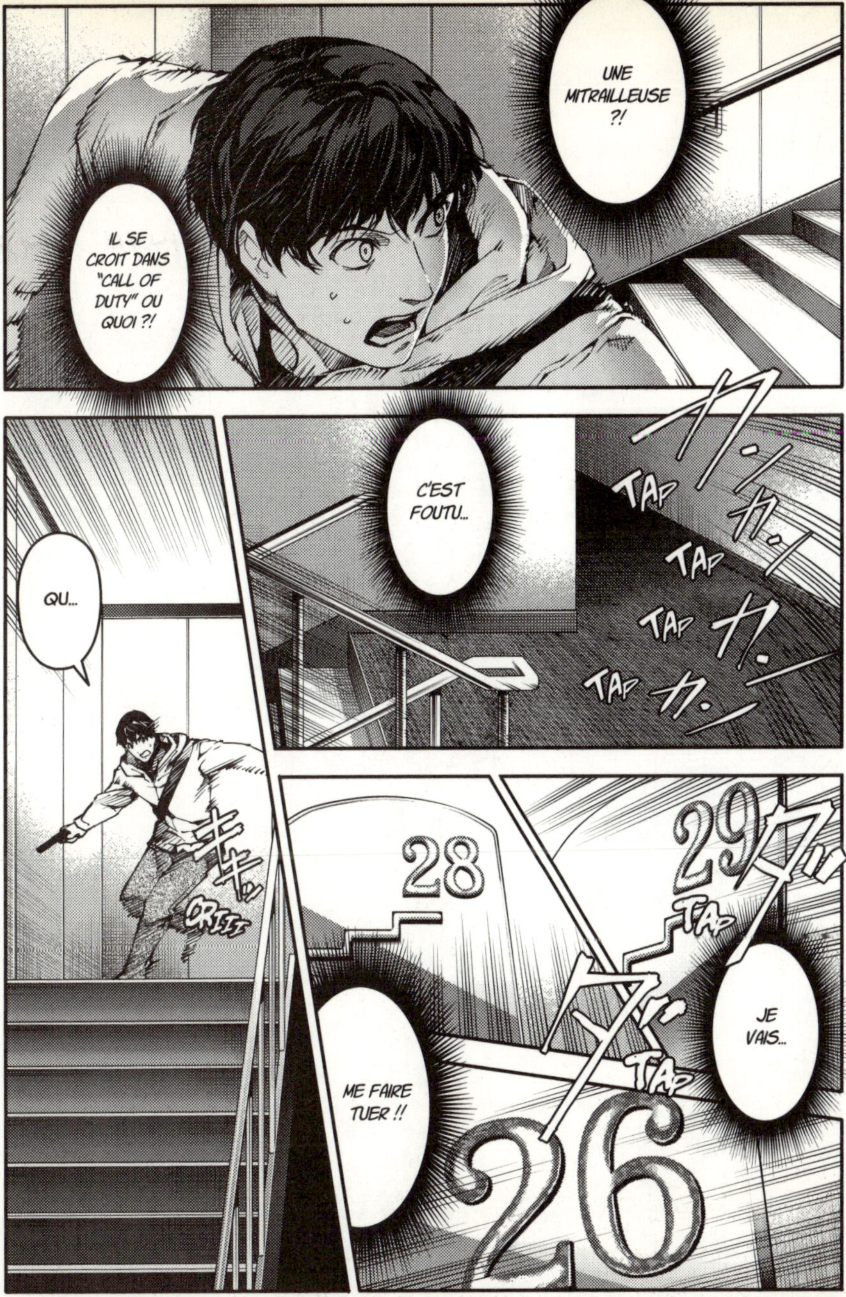
UNE MITRAILLEUSE ?!
IL SE CROIT DANS "CALL OF DUTY" OU QUOI ?!
TAP
TAP
TAP
TAP
C'EST FOUTU...
QU...
CRIIII
29
TAP
28
JE VAIS...
TAP
ME FAIRE TUER !!
26

C'EST QUOI, CE TRUC ?!
DES RACINES ET DU LIERRE ? ET C'EST PAS DU PLASTIQUE !
IMPOSSIBLE DE PASSER ! D'OÙ ÇA SORT ?!
PAS LE TEMPS DE SE POSER DES QUESTIONS...
JE DOIS ÉCHAPPER À L'AUTRE PSYCHOPATHE !

IL Y AVAIT UN DEUXIÈME ESCALIER DE L'AUTRE CÔTÉ...
ALLEZ, COURS !
ALLEZ !
PLUS VITE...
!
BLOQUÉ AUSSI...
NE ME DITES PAS QUE JE SUIS COINCÉ ICI !

C'EST UN COUP DU TYPE À LA MITRAILLEUSE ?!
JE FAIS QUOI, MAINTENANT ?
SI JE MONTE, JE ME RETROUVERAI PRIS AU PIÈGE SUR LE TOIT !
MA SEULE OPTION, C'EST L'ASCENSEUR...
J'AI INTÉRÊT À ME GROUILLER, SINON...
Détection
HEIN ?

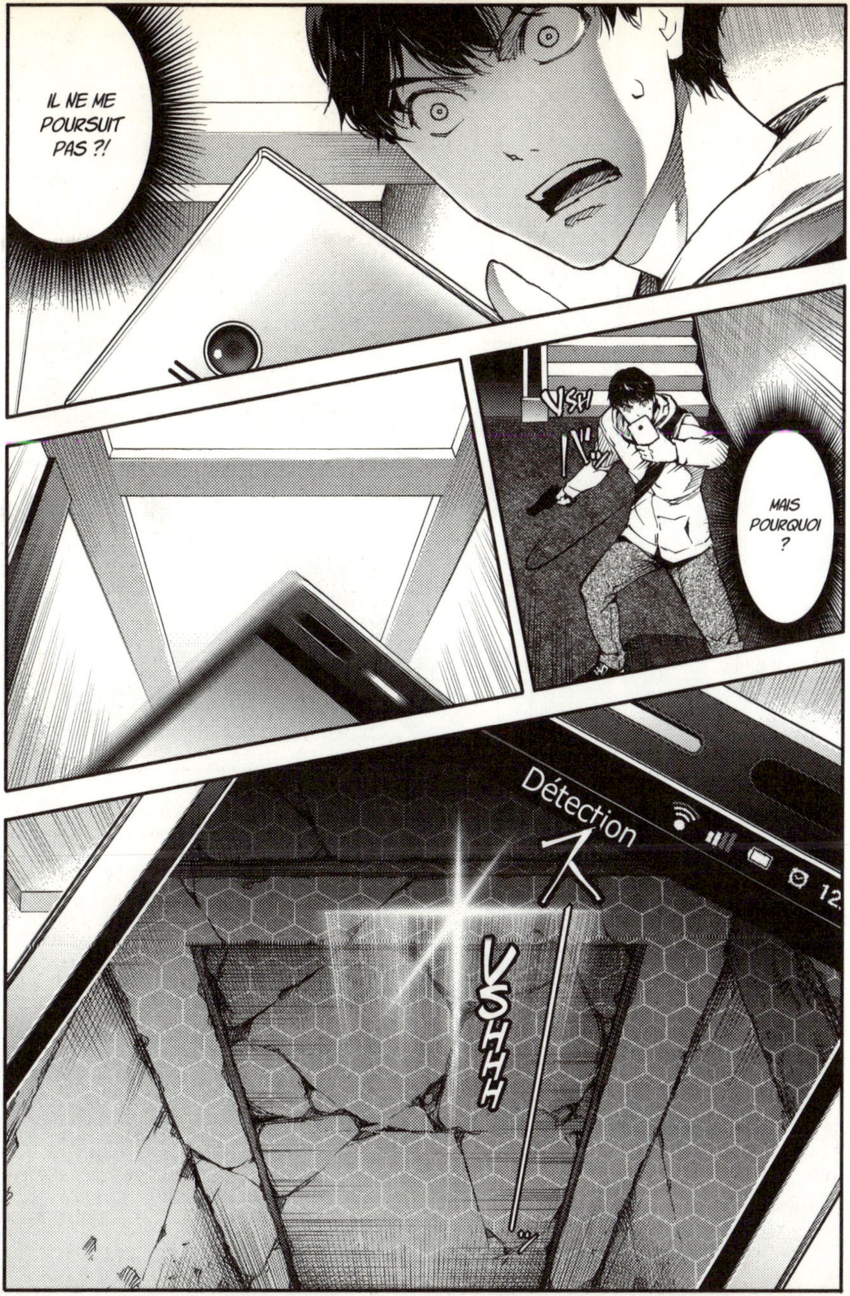
IL NE ME POURSUIT PAS ?!
VSH
MAIS POURQUOI ?
Détection
VSHHH

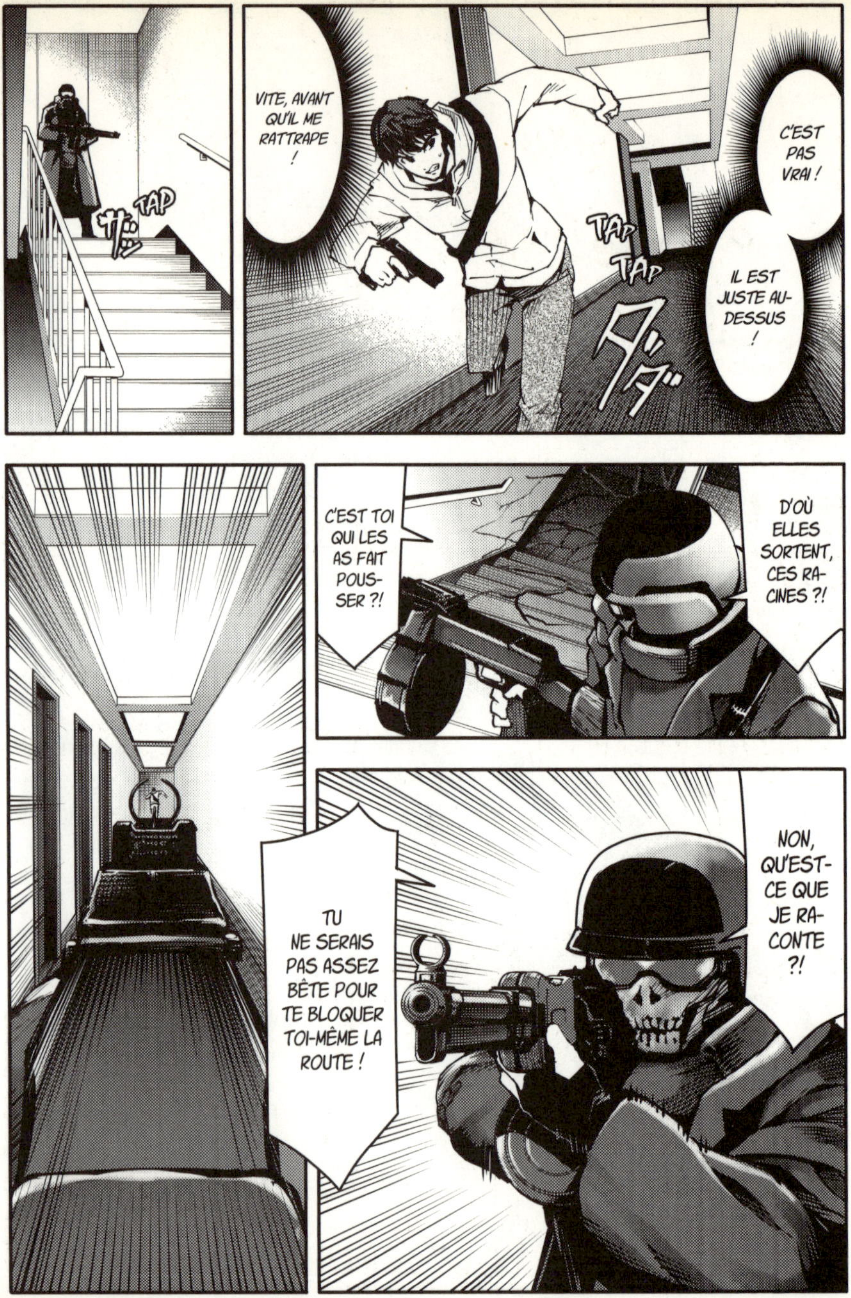
TAP
VITE, AVANT QU'IL ME RATTRAPE !
C'EST PAS VRAI !
IL EST JUSTE AU-DESSUS !
TAP
TAP
D'OÙ ELLES SORTENT, CES RACINES ?!
C'EST TOI QUI LES AS FAIT POUSSER ?!
NON, QU'EST-CE QUE JE RACONTE ?!
TU NE SERAIS PAS ASSEZ BÊTE POUR TE BLOQUER TOI-MÊME LA ROUTE !

TAC
TAC
TAC
TAC
AAAAAAAH !!
BAM
BAM
BAM
JE T'EN SUPPLIE ...
39
RAMÈNE-TOI VITE !
ALLEZ, ALLEZ, ALLEZ !
38

C'EST LA FIN DE LA PARTIE POUR TOI !
DÉSOLÉ, GAMIN...
FAIS TES PRIÈRES !

ATTENDS !!
JE ME RENDS !
JE TE DONNE MON BRACELET !
NE TIRE PAS !!
TIENS, VOILÀ !
PRENDS-LE !
OH, VRAIMENT ?

JE NE VAIS PAS ME GÊNER !
JE N'AI RIEN D'AUTRE SUR MOI...
C'EST BON, TU AS CE QUE TU VOU-LAIS !
C'EST VRAI QU'EN MODE "BATTLE ROYALE", ON NE GAGNE PAS DE POINTS EN TUANT SES ADVERSAI-RES...
QUE JE TE BUTE OU NON, ÇA REVIENT AU MÊME !
T... TU VAS ME LAIS-SER P...
SAUF QUE TU ES ARMÉ !

CELUI QUI A UN FLINGUE À LA MAIN N'A RIEN À REDIRE S'IL SE FAIT TIRER DESSUS...
TU N'ES PAS D'ACCORD ?

ADIEU, GAMIN !
CRR
CLIC
CLIC CLIC
QUOI ?!
HEIN ?

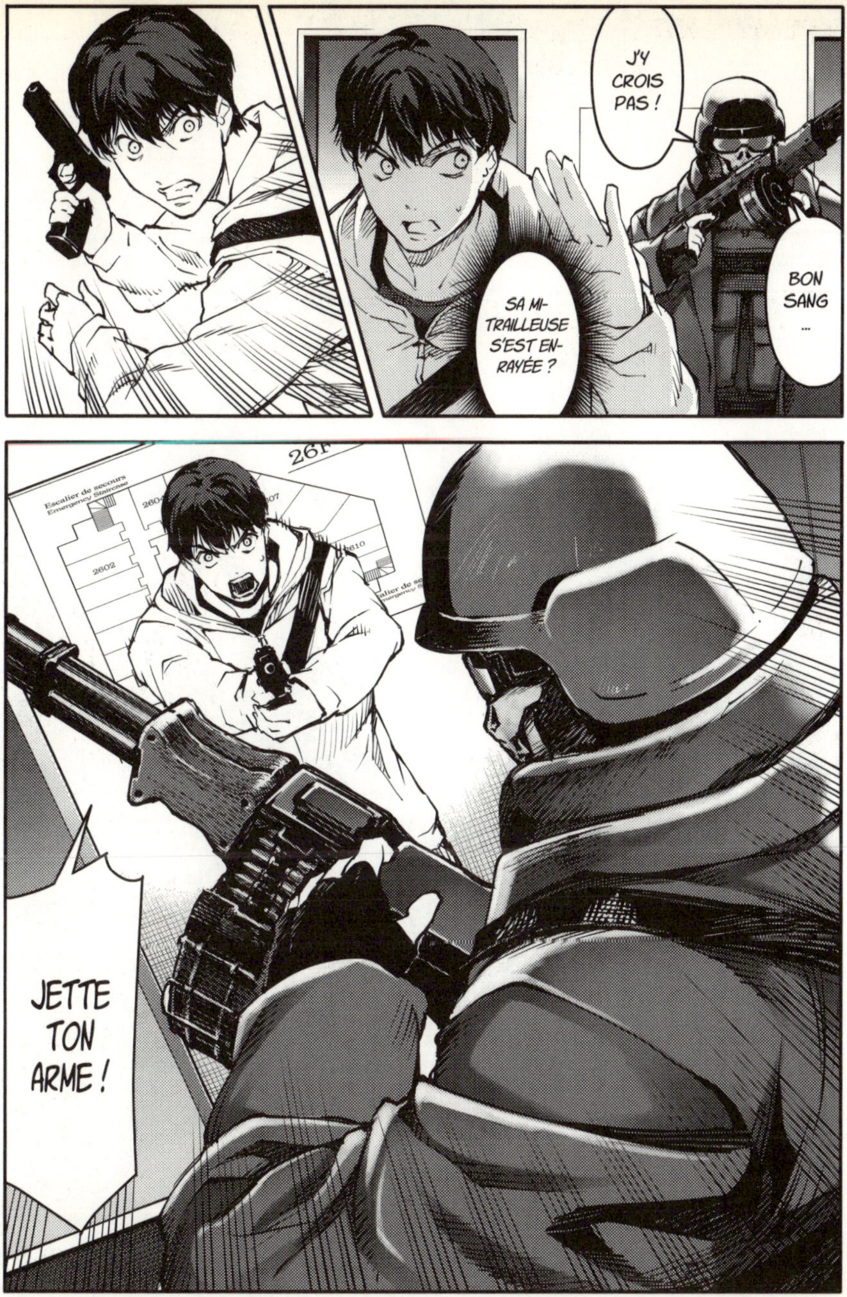
J'Y CROIS PAS !
BON SANG ...
SA MI-TRAILLEUSE S'EST EN-RAYÉE ?
26F
Escalier de secours
Emergency Staircase
2602
2610
JETTE TON ARME !

PFF...
TU AS LES MAINS QUI TREMBLENT !
CLAC
JE T'AI DIT DE LÂCHER TON ARME !!
VAS-Y, TIRE !
26F
CLAC
CLAC
QUOI ?
TU ATTENDS QUOI POUR ME DES-CENDRE ?
AGIS AU LIEU DE PARLER !
VOILÀ, C'EST BON !
CLAC

スッ
FSH
Ascenseurs
Elevator Hall
Toilet
VMMM
カチ
カチ
26

DING ♪
VVVM
TSS...
TU NE VAUX MÊME PAS LA PEINE QUE JE TE BUTE...
JE NE VAIS PAS GASPILLER MES BAL-LES !
FSH
IL Y EN A DES COMME TOI, DE TEMPS EN TEMPS... DES LÂCHES INCAPABLES DE PRESSER LA DÉTENTE !
ÇA AURA VRAIMENT ÉTÉ UN COM-BAT SANS INTÉRÊT !

SALUT ...
RESTE DONC LÀ À ATTENDRE LA MORT !
ウィーーン
VVVM
PLAF
ズ
SCRF
ズル
BOM
BORDEL ...

ÇA VOUS AMUSE TANT QUE ÇA DE VOUS ENTRE-TUER ?!
BANDE DE MA-LADES !
BAM
BIP
FUIT

ÇA SUFFIT, JE ME CASSE...
JE NE RESTERAI PAS ICI UNE MINUTE DE PLUS !
18
IL ME FAUDRAIT TROIS BRACELETS POUR SURVIVRE...
SAUF QUE...
JE N'AI PLUS LE COURAGE DE LES CHERCHER !
DIS-MOI...
TU COMPTES VRAIMENT PRENDRE L'ASCENSEUR ?
TAP

D'OÙ TU SORS, TOI ?
C'EST PAS UN ENDROIT POUR UNE GAMINE...
TU ME CHERCHES, LÀ ?
JE SUIS EN CIN-QUIÈME, JE TE SIGNALE !
DING ♪
UN CONSEIL ...
SI TU TIENS À RESTER EN VIE...
RENONCE À CETTE IDÉE...

L'ASCENSEUR DE MONSIEUR EST ARRIVÉ...
VAS-Y, MONTE, SI TU ES TELLEMENT PRESSÉ DE MOURIR !
CE N'EST PAS QUE J'AIE ENVIE DE CREVER...
C'EST JUSTE QUE J'AIMERAIS QUITTER CET HÔTEL LE PLUS VITE POSSIBLE !
2610
2612
Escalier de secours
Emergency Staircase
ウィーーン
VVVM
Tower Shibuya Hotel
ET COMME LES ESCALIERS SONT BLOQUÉS...
IL N'Y A AUCUN AUTRE MOYEN DE DESCENDRE !
ET LUI, IL NE TE FAIT PAS CHANGER D'AVIS ?
QUI ÇA ?

C'EST PAS VRAI... LUI AUSSI, IL S'EST FAIT DESCENDRE ?!
QU'EST-CE QUI LUI EST ARRIVÉ ?
HMM...
ALORS LES QUATRE ASCENSEURS SONT BIEN PIÉGÉS ...
ÇA SE CONFIRME ...
UN JOUEUR SE SERT DE SON SIGIL...
POUR ÉLIMINER TOUS CEUX QUI SE TROUVENT DANS LE BÂTIMENT !
CE SERAIT L'ŒUVRE D'UNE SEULE PERSONNE ?!
IMPOSSIBLE ! AVEC LA CAMÉRA, J'AI REPÉRÉ PLUS D'UNE DIZAINE DE JOUEURS !
AU DÉBUT, IL DEVAIT Y EN AVOIR 24...
MAIS...

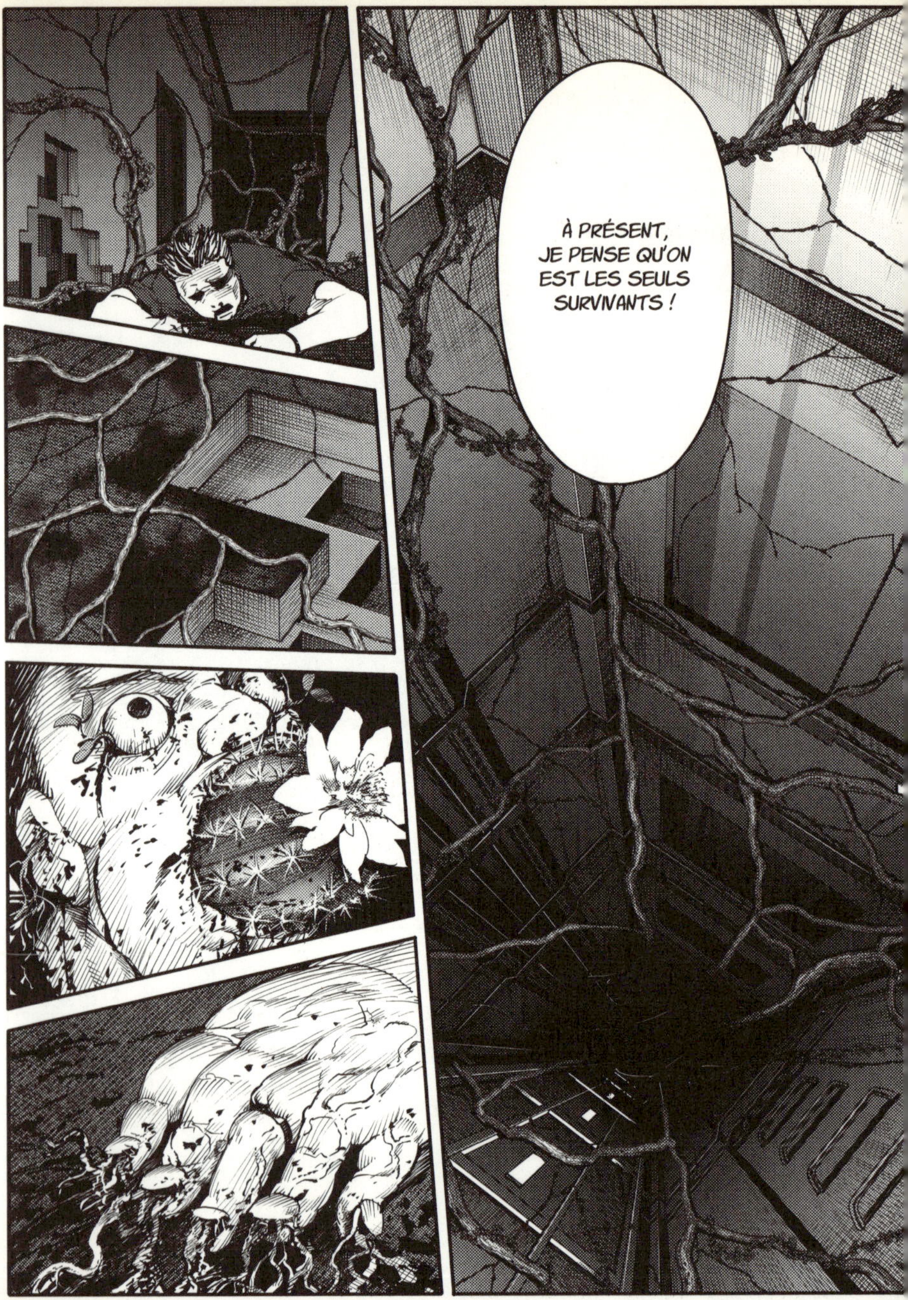
À PRÉSENT, JE PENSE QU'ON EST LES SEULS SURVIVANTS !

C'EST DINGUE...
TOUS LES BRACELETS SONT IMMOBILES !
ON DOIT ÊTRE LES PROCHAINS SUR LA LISTE !
JE M'APPELLE RAIN...
DANS LE D-GAME, ON ME SURNOMME "L'ANALYSTE" !
COMME ON EST TOUS LES DEUX COINCÉS ICI...
JE TE PROPOSE UNE ALLIANCE JUSQU'À CE QU'ON RÉUSSISSE À S'ÉVADER !

Darwin's Game

Game 10

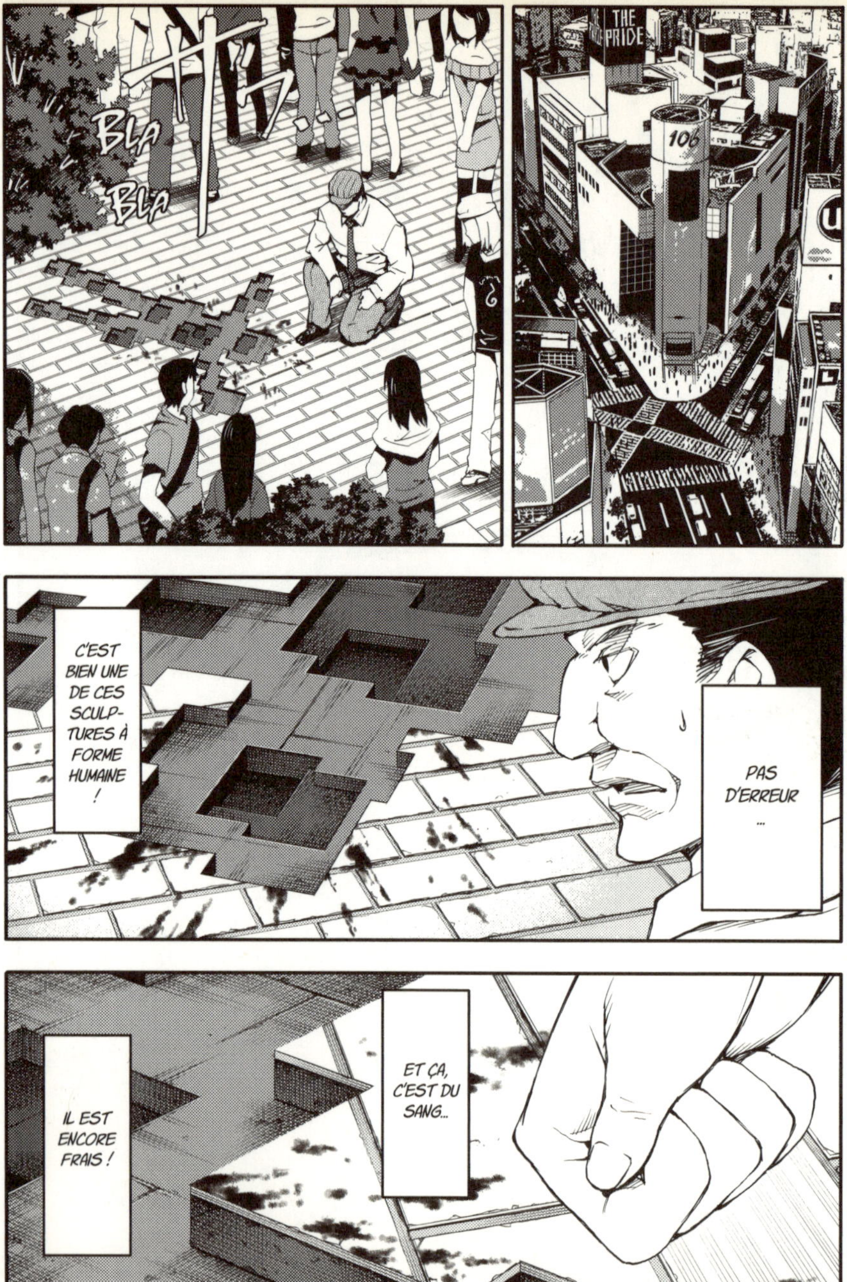
BLA
BLA
PAS D'ERREUR ...
C'EST BIEN UNE DE CES SCULPTURES À FORME HUMAINE !
ET ÇA, C'EST DU SANG...
IL EST ENCORE FRAIS !

CLIC
AVANT TOUT, CONTACTER LE COMMISSARIAT DE JINGÛ POUR QU'ON ENVOIE DES HOMMES BOUCLER LA RUE...
TUUT
TUUT
LA LIGNE EST COUPÉE ? NON, ON DIRAIT PLUTÔT QUE LES COMMUNICATIONS SONT LIMITÉES !
C'EST POURTANT UN APPEL D'URGENCE, IL NE DEVRAIT PAS ÊTRE BLOQUÉ !
SCRRR
HEIN ?

THIIIIIING
AAH !
TIIIING
TIIIING
C'EST QUOI, CE BRUIT ?!
ÇA VIENT DE MON TÉLÉPHONE ?
BRR
BRR
TIIIING

OUF...
ÇA S'EST ARRÊTÉ !
MON PORTABLE SERAIT DÉTRAQUÉ ?
EN MÊME TEMPS, IL M'A SEMBLÉ QUE LES AUTRES SONNAIENT AUSSI...
LES GENS ONT L'AIR BIZARRE...
VOUS AVEZ MAUVAISE MINE !
ÇA VA, JEUNE HOMME ?

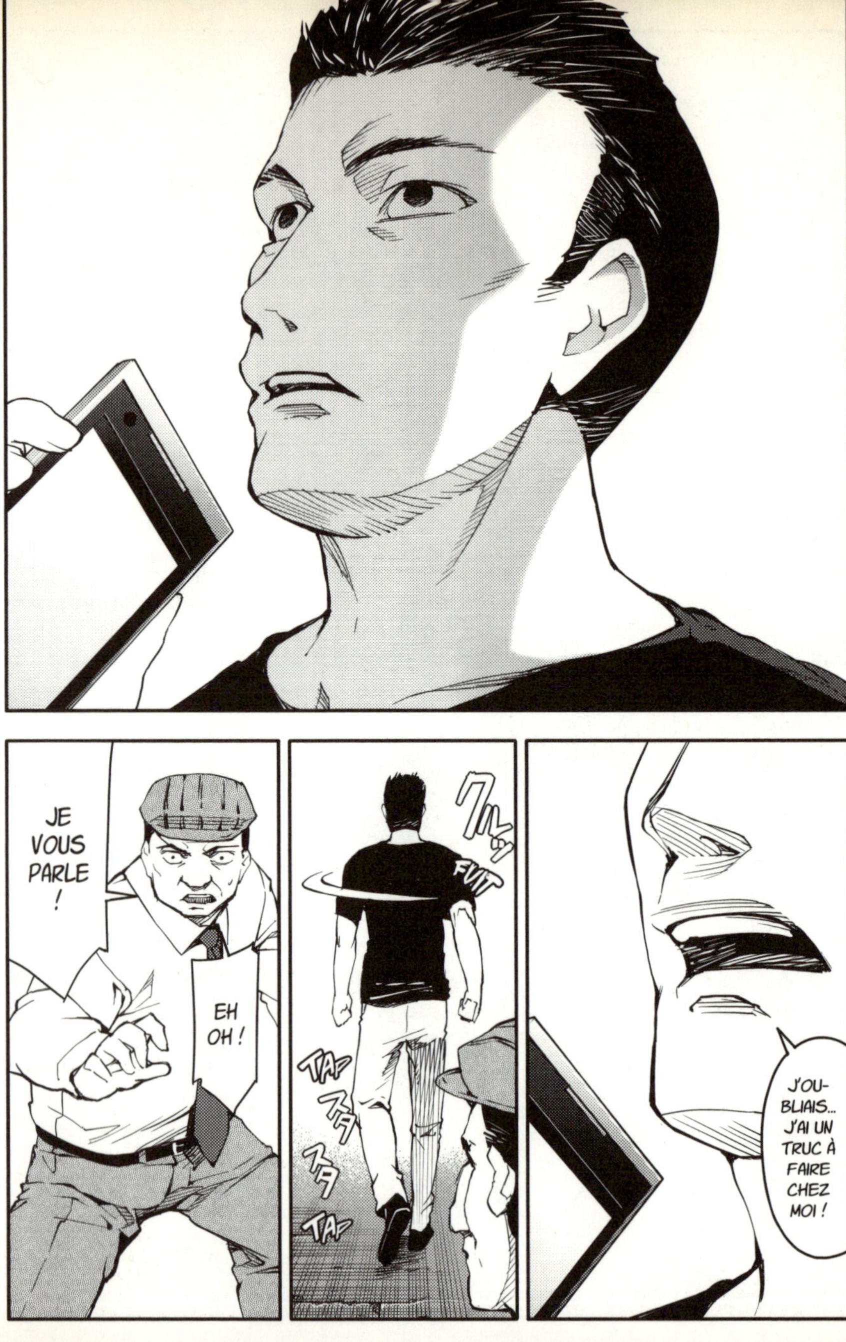
J'OU-BLIAIS... J'AI UN TRUC À FAIRE CHEZ MOI !
クルッ
FUIT
TAP
スタ
スタ
TAP
EH OH !
JE VOUS PARLE !

BOM
AH !
TAP
TAP
POURQUOI ILS PARTENT TOUS D'UN SEUL COUP ?
LÀ, IL Y A UN TRUC QUI NE TOURNE PAS ROND !

EH ! ATTENDEZ !!
Francfranc
106

SI ÇA SE TROUVE...
JE SUIS EN TRAIN DE RÊVER ?
BANG
UN COUP DE FEU...
J'AI DES HALLUCI-NATIONS AUDITIVES, MAINTE-NANT ?
BANG
NON...
C'EST BIEN RÉEL !

NOM DE DIEU, IL Y A VRAIMENT UNE FUSILLADE !
TU PARLES D'UNE JOUR-NÉE !
BANG
BANG
BANG
RATATATATA
UNE ALLIANCE TEMPO-RAIRE ?
OUI !
ON EST RETENUS ICI PAR LE SIGIL D'UN JOUEUR...
ET SI ON NE RÉAGIT PAS...

ON FINIRA COMME CE TYPE !
QU'EST-CE QUI LUI EST ARRIVÉ, AU JUSTE ?
ON DIRAIT QU'IL A ÉTÉ ATTAQUÉ PAR UNE ESPÈCE DE LIERRE... ÇA A UN RAPPORT AVEC LA VÉGÉTATION DANS LES ESCALIERS ?
OUI, LES DEUX SONT LES EFFETS D'UN MÊME SIGIL !

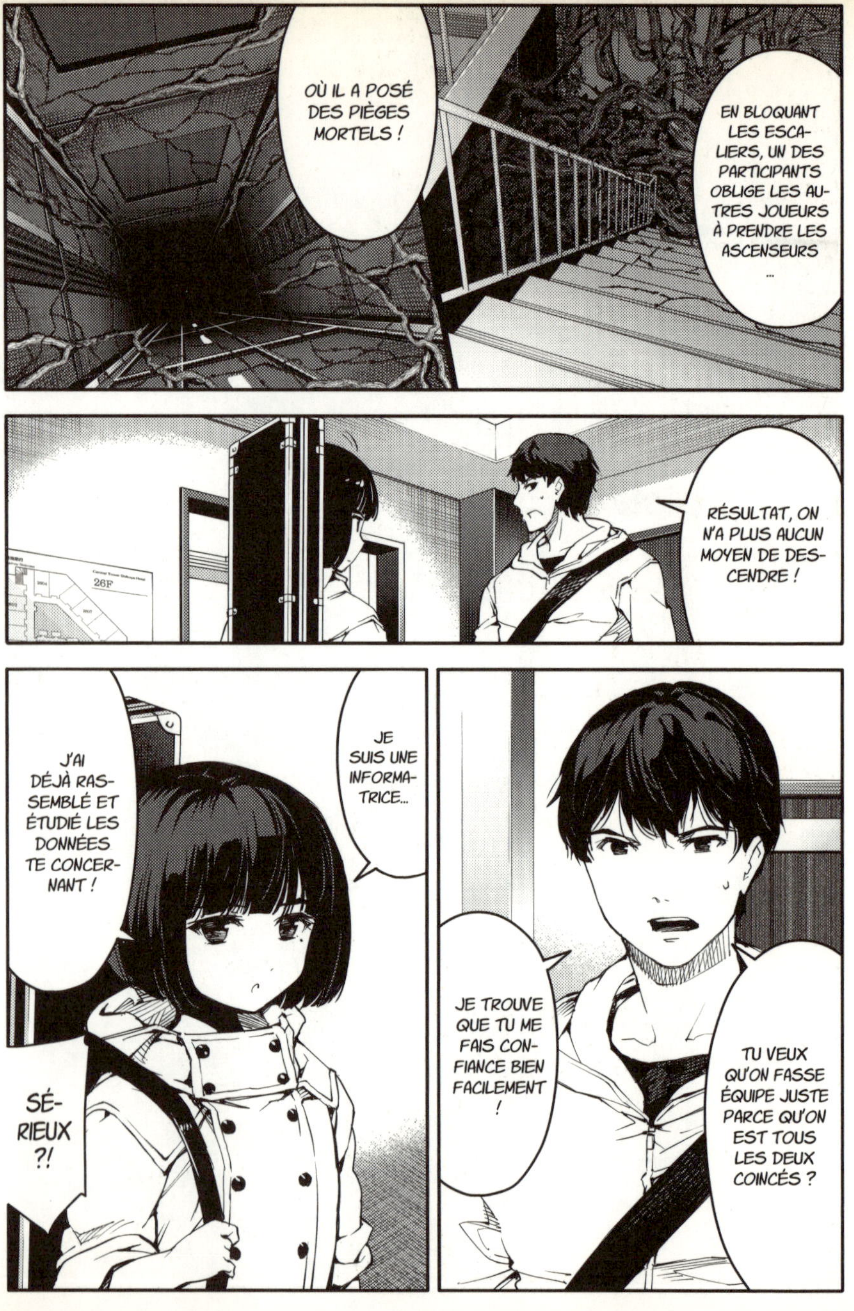
EN BLOQUANT LES ESCALIERS, UN DES PARTICIPANTS OBLIGE LES AUTRES JOUEURS À PRENDRE LES ASCENSEURS ...
OÙ IL A POSÉ DES PIÈGES MORTELS !
RÉSULTAT, ON N'A PLUS AUCUN MOYEN DE DESCENDRE !
26F
TU VEUX QU'ON FASSE ÉQUIPE JUSTE PARCE QU'ON EST TOUS LES DEUX COINCÉS ?
JE TROUVE QUE TU ME FAIS CONFIANCE BIEN FACILEMENT !
JE SUIS UNE INFORMATRICE...
J'AI DÉJÀ RASSEMBLÉ ET ÉTUDIÉ LES DONNÉES TE CONCERNANT !
SÉRIEUX ?!

Clan : [aucun]
Kaname Sudo
Vrai nom : Kaname Sudo
Évaluation générale
Évaluation
C1
Niveau C
Aptitudes B-
Performances A
Potentiel
SIGIL
Kaname Sudo
se procurer une matraque électrique
ainsi qu'un pistolet.
PRINCIPAUX COMBATS
BANDA-BOY
ÉVALUATION
01/07, 13:46 (DU)
01/07, 14:46
SHUKA
ABANDON
02/07, 22:15 (EM)
02/07, 22:45
INUKAI
ABANDON
04/07, 11:51 (EM)
TU T'APPELLES KANAME SUDO, ET C'EST AUSSI TON PSEUDO DANS LE JEU… TU N'EN AS PAS CHANGÉ DEPUIS TON INSCRIPTION…
ÇA INDIQUE QUE TU ES UN NOVICE QUI A DÉBUTÉ EN SOLO…
TROIS VICTOIRES CONSÉCUTIVES CONTRE DES JOUEURS D'UN NIVEAU LARGEMENT SUPÉRIEUR AU TIEN, C'EST UNE PERFORMANCE REMARQUABLE !
MÊME SI TU REFUSES OBSTINÉMENT DE TUER TES ADVERSAIRES…
ÇA NE T'A PAS EMPÊCHÉ DE VAINCRE BANDA-BOY, SHUKA ET INUKAI !
TU N'AS PAS DE CLAN, MAIS TU T'ES ALLIÉ À SHUKA, LA REINE INVINCIBLE…
JE N'AI PAS PU DÉTERMINER LA NATURE DE TON SIGIL. PAR CONTRE, JE SAIS QUE TU AS FAIT APPARAÎTRE UN PISTOLET ET UNE MATRAQUE ÉLECTRIQUE !
TU ES BIEN RENSEIGNÉE…
MAIS IL VA FALLOIR METTRE TES INFOS À JOUR !

J'AI ÉTÉ BATTU À PLATES COUTURES ...
PAR LE GARS ÉTENDU LÀ !
EN MODE "BATTLE ROYALE", LES COMBATS NE SONT PAS COMPTÉS DANS LE CLASSEMENT...
À LA FIN DE LA PARTIE, LES POINTS DES JOUEURS MORTS SONT RÉPARTIS ENTRE LES SURVIVANTS !
HA HA HA...
EN GROS, LES AFFRONTEMENTS N'APPORTENT RIEN...
ALORS AUTANT SE CONTENTER DE S'ENFUIR ...
VOILÀ QUI CONVIENT PARFAITEMENT À UN LÂCHE DANS MON GENRE !
POURQUOI TU DIS ÇA ?

IL N'Y A AUCUN MAL À FUIR...
APRÈS TOUT, C'EST DE CETTE FAÇON QUE JE SUIS RESTÉE EN VIE JUSQU'À PRÉSENT !

HA HA ...
HA HA HA HA HA !
TU N'AS PAS TORT !
QU'EST-CE QU'IL Y A DE SI DRÔLE ?

JE SUIS JUSTE UN PEU SURPRIS DE TOMBER SUR QUELQU'UN COMME TOI...
LES JOUEURS QUE J'AI RENCONTRÉS JUSQU'À PRÉSENT NE PENSAIENT QU'À SE BATTRE !
OK, JE MARCHE AVEC TOI !
JE N'AI AUCUNE ENVIE DE CREVER COMME ÇA ...
RAVIE DE L'ENTENDRE !
SOIT DIT EN PASSANT, ÇA T'A FAIT RIRE, MAIS...
DANS LA NATURE, LA FUITE EST UN MOYEN DE SURVIE BIEN PLUS RÉPANDU QUE LA LUTTE !

D'AILLEURS, C'EST AUSSI LE CAS DANS LE D-GAME !
QUAND UN COMBAT ARRIVE AU BOUT DU TEMPS RÉGLEMENTAIRE...
LA CAPACITÉ À ÉCHAPPER AU DANGER EST PRISE EN COMPTE DANS LES POINTS ARTISTIQUES !
SI LE JOUEUR QUI A ÉTÉ DÉFIÉ RÉUSSIT À FUIR PENDANT UNE HEURE SANS SUBIR DE DOMMAGES IMPORTANTS, IL EST GÉNÉRALEMENT DÉSIGNÉ VAINQUEUR !
LÀ, TU M'APPRENDS QUELQUE CHOSE...
168
45
NTS TECHNIQUES
Technical Points
NTS ARTISTIQUES
Artistic Points
285
TOTAL
Total Points
PRENONS BANDA-BOY, PAR EXEMPLE ...
IL POSSÉDAIT UN PUISSANT SIGIL APPELÉ "FURTIF", UN POUVOIR DE CATÉGORIE PSYCHOKINÉSIE, TYPE MANIPULATION OPTIQUE...

APPAREMMENT, IL ÉTAIT OBLIGÉ DE SE COUVRIR DES PIEDS À LA TÊTE POUR QUE ÇA FONCTIONNE...
MALGRÉ CETTE CONTRAINTE, IL N'Y AVAIT PAS PLUS EFFICACE POUR ÉCHAPPER À UN ADVERSAIRE OU POUR TENDRE UNE EMBUSCADE !
MAIS IL S'EST MONTRÉ TROP IMPATIENT... RÉSULTAT, C'EST TOI QUI AS PRIS LE DESSUS !
"PRIS LE DESSUS" ?
TU PARLES !
JE NE PIGEAIS RIEN À CE QUI SE PASSAIT ...
J'ESSAYAIS JUSTE DE SAUVER MA PEAU QUAND CE GUIGNOL S'EST FAIT AVOIR PAR SON PROPRE SIGIL...
UNE VOITURE LUI EST RENTRÉE DEDANS ALORS QU'IL ÉTAIT INVISIBLE !
TOUT À L'HEURE AUSSI, C'EST SEULEMENT PARCE QUE LA MITRAILLEUSE DE CE TYPE S'EST ENRAYÉE QUE JE M'EN SUIS TIRÉ !
CHACUNE DE MES VICTOIRES ÉTAIT DUE AU HASARD ...
ALORS ÉVITE DE ME SURESTIMER !

C'EST VRAI, TU AS PEUT-ÊTRE JUSTE EU DE LA CHANCE...
MAIS SI C'ÉTAIT ÇA, LE PLUS IMPORTANT ?
VIVE LES VEINARDS, ALORS !
CETTE CHANCE NE S'EST PAS PRÉSENTÉE À TOI DÈS LE DÉBUT, N'EST-CE PAS ?
ELLE EST VENUE PARCE QUE TU AS REFUSÉ DE RENONCER...
TU T'ES OBSTINÉ ...
ENCORE ET ENCORE...
À FUIR...

JUSQU'À CE QUE LA ROUE TOURNE !
J'AIME BIEN TA FAÇON DE LE PRÉSENTER !
CE N'EST QUE MA VISION DES CHOSES...
JE SUIS UNE ADEPTE DE CETTE MÉTHODE, APRÈS TOUT !
HÉ HÉ...
BON, PUISQU'ON EST ENTRE CONFRÈRES, DIS-MOI COMMENT ON PEUT SE TIRER D'ICI !

ON ÉCHANGE NOS INFOS ET ON CHERCHE UN MOYEN DE DESCENDRE PAR LES ESCALIERS...
LES ASCENSEURS, C'EST PAS LA PEINE D'Y PENSER !
EXCUSE-MOI UNE MINUTE !
QU'EST-CE QUE TU FAIS ?
TU NE RÉCUPÈRES PAS SES BRACELETS, AU MOINS ?
CE N'EST PAS LE MOMENT D'INDIQUER NOTRE POSITION À L'ENNEMI !

FSH
C'EST BON, J'AI FINI...
ON PEUT Y ALLER !

FSH
À TA PLACE, JE NE M'APPROCHERAIS PAS TROP ...
IL POURRAIT Y AVOIR UN PIÈGE !
FUIT
OUPS !
EN TOUT CAS, À MOINS D'AVOIR UNE TRONÇONNEUSE, ON NE PASSERA PAS ...
TU N'EN AURAIS PAS UNE, PAR HASARD ?
BIEN SÛR QUE NON, QUELLE QUESTION !
MON SIGIL N'EST PAS AUSSI PRATIQUE QUE TU L'IMAGINES !
DOMMAGE ...
J'ESPÉRAIS QUE TU EN FERAIS APPARAÎTRE UNE !

JE PEUX TE SORTIR UN FLINGUE OU UNE MATRAQUE ÉLECTRIQUE, MAIS LE RESTE...
N'Y COMPTE PAS TROP !
C'EST NOTÉ...
VU QUE POUR LES ESCALIERS, ÇA SEMBLE COMPROMIS ...
ET SI ON ESSAYAIT DE DESCENDRE PAR UNE FENÊTRE AVEC UNE CORDE ?
ON EST DANS UNE TOUR DE 40 ÉTAGES SANS AUCUN BALCON...
ALORS ÇA NE ME BRANCHE PAS TROP, TU VOIS !
BON, IL NE RESTE PLUS QU'À CHERCHER UNE AUTRE ISSUE OU DE QUOI DÉBROUSSAILLER !

ENCORE UN MORT ! DÉCIDÉMENT, IL Y EN A PARTOUT...
C'EST UNE VRAIE BOUCHERIE !
JE N'IMAGINE MÊME PAS COMMENT C'EST EN DESSOUS... IL DOIT Y EN AVOIR AU MOINS UNE VINGTAINE !
C'EST LE TYPE AUX PLANTES QUI LES A TOUS BUTÉS ?
NON, PAS LES JOUEURS DES ÉTAGES SITUÉS APRÈS LA BARRICADE...

CEUX-LÀ SE SONT ENTRE-TUÉS POUR LES BRACELETS !
ILS SONT MALADES !
LE BUT DU JEU, C'EST DE COLLECTER CES STUPIDES PIERRES ...
PAS LA PEINE DE DESCENDRE LES AUTRES CONCURRENTS !!

CHACUN PENSE AVANT TOUT À SA PROPRE SÉCURITÉ ...
UN JOUEUR MORT, C'EST UNE MENACE EN MOINS !
ET ENSUITE LES VAINQUEURS SE SONT FAIT PIÉGER DANS LES ASCENSEURS ?
TU SAIS QUOI SUR LE TUEUR AUX PLANTES ?
C'EST QUEL GENRE DE TYPE ?
MALHEUREUSEMENT, JE NE CONNAIS PAS SA VÉRITABLE IDENTITÉ...
IL EST TRÈS PRUDENT ET FRAPPE TOUJOURS À DISTANCE... PERSONNE NE L'A JAMAIS VU !
MAIS SES CRIMES SONT SIGNÉS...

SES VICTIMES SONT RETROUVÉES EMPALÉES SUR DES TRONCS...
ÉTRANGLÉES PAR DES LIANES ...
L'UNE D'ELLES AVAIT MÊME UNE FLEUR QUI LUI POUSSAIT SUR LE FRONT !
C'EST CE QUI LUI A VALU SON SURNOM...

LE FLEURISTE !
TOUT CE QUE JE SAIS DE LUI, C'EST QUE SON SIGIL EST LIÉ AUX VÉGÉTAUX !
TU AS RÉFLÉCHI À UN MOYEN D'Y ÉCHAPPER ?
COMME JE TE LE DISAIS, IL NE FAUT PAS S'APPROCHER DES PLANTES ...
VU QU'IL NE SE MONTRE JAMAIS, IL DOIT ÊTRE DU GENRE À TENDRE DES PIÈGES...
ET À ATTENDRE QUE SES PROIES TOMBENT DEDANS !
L'AVANTAGE, C'EST QU'ON EST EN SÉCURITÉ DANS LES ÉTAGES SUPÉRIEURS...
PUISQU'IL N'A PU TUER LES AUTRES JOUEURS QUE QUAND ILS ONT PRIS L'ASCENSEUR !
OUF...
JE ME SENS DÉJÀ UN PEU MIEUX !

NON, ATTENDS ...
QUOI ?
LE FLEURISTE N'A BUTÉ QUE CEUX QUI ONT ESSAYÉ DE DESCENDRE...
ET LES AUTRES MORTS SONT L'ŒUVRE D'AUTRES JOUEURS, C'EST BIEN ÇA ?
OUI, J'EN SUIS CERTAINE ...
POURQUOI ?
COMMENT TU LE SAIS ?
PARCE QU'IL Y AVAIT UN CORPS COUVERT DE LIERRE DANS UN ASCENSEUR, PARDI !

POURQUOI UN CORPS, JUSTEMENT ?! ON AURAIT PLUTÔT DÛ TROUVER UN TROU !
DANS LE JEU, LES CADAVRES SONT TÉLÉPORTÉS QUELQUE PART, NON ?!
C'EST VRAI QU'ON N'A PAS ASSISTÉ À LA DISPARITION...
MAIS PARFOIS, IL FAUT ATTENDRE QUELQUES MINUTES APRÈS LA MORT...
BON SANG...
J'AI UN TRÈS MAUVAIS PRESSENTIMENT !
S'ILS N'ONT PAS ÉTÉ EFFACÉS...

VSHHH
Détection
C'EST QU'ILS SONT ENCORE EN VIE !

J'AURAIS DÛ M'EN RENDRE COMPTE PLUS TÔT !
ILS ARRIVENT !!
QUI ÇA, "ILS" ?!
FUK
LES JOUEURS PIÉGÉS DANS LES ASCENSEURS ?!
TU PENSES QU'ILS SE SONT LIGUÉS CONTRE NOUS ?!
MAIS ENFIN, ILS ESSAIENT DE S'ENTRETUER DEPUIS LE DÉBUT !
EN ADMETTANT QU'ILS SOIENT EN VIE, POURQUOI ILS SE SERAIENT ALLIÉS ?!
AUCUNE IDÉE !
EN TOUT CAS, ILS NE NOUS VEULENT PAS DU BIEN !!

TAP
DÉJÀ ?!
DER-RIÈRE LE PILIER DE DROITE ! VITE !
VSH

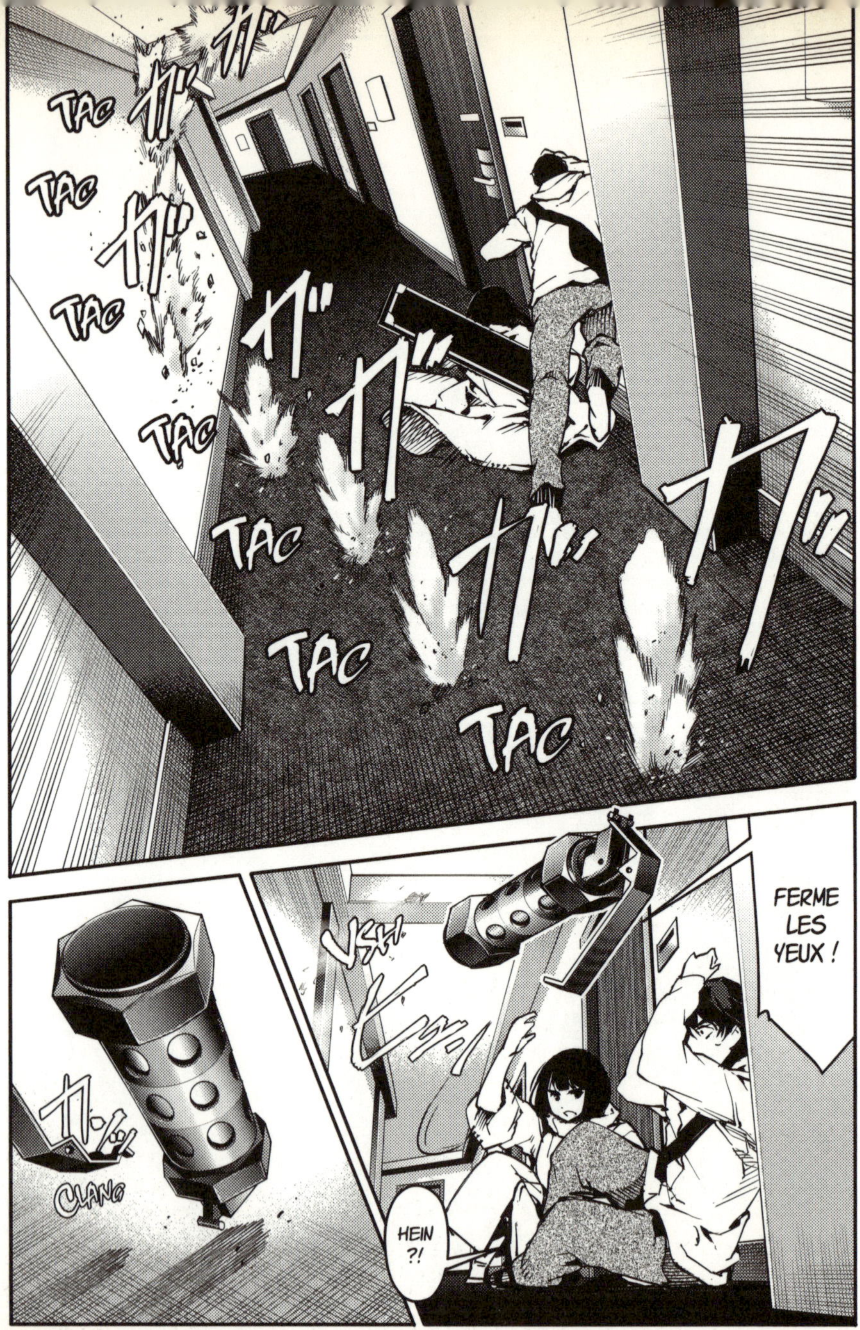
TAC
TAC
TAC
TAC
TAC
TAC
TAC
FERME LES YEUX !
VSH
HEIN ?!
CLANG

BANG
シュウウウオオ
FSHHHH

TAP
TAP
TAP
VSH
QU'EST-CE QUE TU AS BALANCÉ ?! ON AURAIT DIT UNE ARME DE COMMANDO !
UNE GRENADE FLASH-BANG...
INDISPENSABLE POUR LES PROS DE LA FUITE !
ELLES SE VENDENT À LA DOUZAINE DANS LE MAGASIN DU D-GAME !
SÉRIEUX ?!
FRANCHEMENT, JE N'Y COMPRENDS RIEN !
QU'ILS SOIENT EN VIE, C'EST DÉJÀ SURPRENANT, MAIS QU'EN PLUS ILS TRAVAILLENT EN ÉQUIPE...
ILS DOIVENT ÊTRE CONTRÔLÉS PAR LE FLEURISTE !

CERTAINES PLANTES CONTIENNENT DES SUBSTANCES NARCOTIQUES...
IL A DÛ S'EN SERVIR POUR FAIRE UN LAVAGE DE CERVEAU À CES JOUEURS !
C'EST DU DÉLIRE !
LE GARS À LA MITRAILLEUSE ÉTAIT UN SALE TYPE...
MAIS IL NE MÉRITAIT PAS DE FINIR COMME ÇA !
COMMENT ÇA SE PRÉSENTE ?
HYPER MAL...
ILS NE S'EMBÊTENT MÊME PAS À FOUILLER LES ÉTAGES, ILS FONCENT DROIT SUR NOUS !
12:38
Détection
D'AILLEURS, COMMENT ILS PEUVENT CONNAÎTRE NOTRE POSITION EXACTE ?!
ON N'A POURTANT AUCUN BRACELET SUR NOUS !
QUI SAIT ?
PEUT-ÊTRE QUE LES PLANTES PERMETTENT AUSSI DE NOUS DÉTECTER...
TU PLAISANTES ? IL EST OMNIPOTENT, TON FLEURISTE, OU QUOI ?!

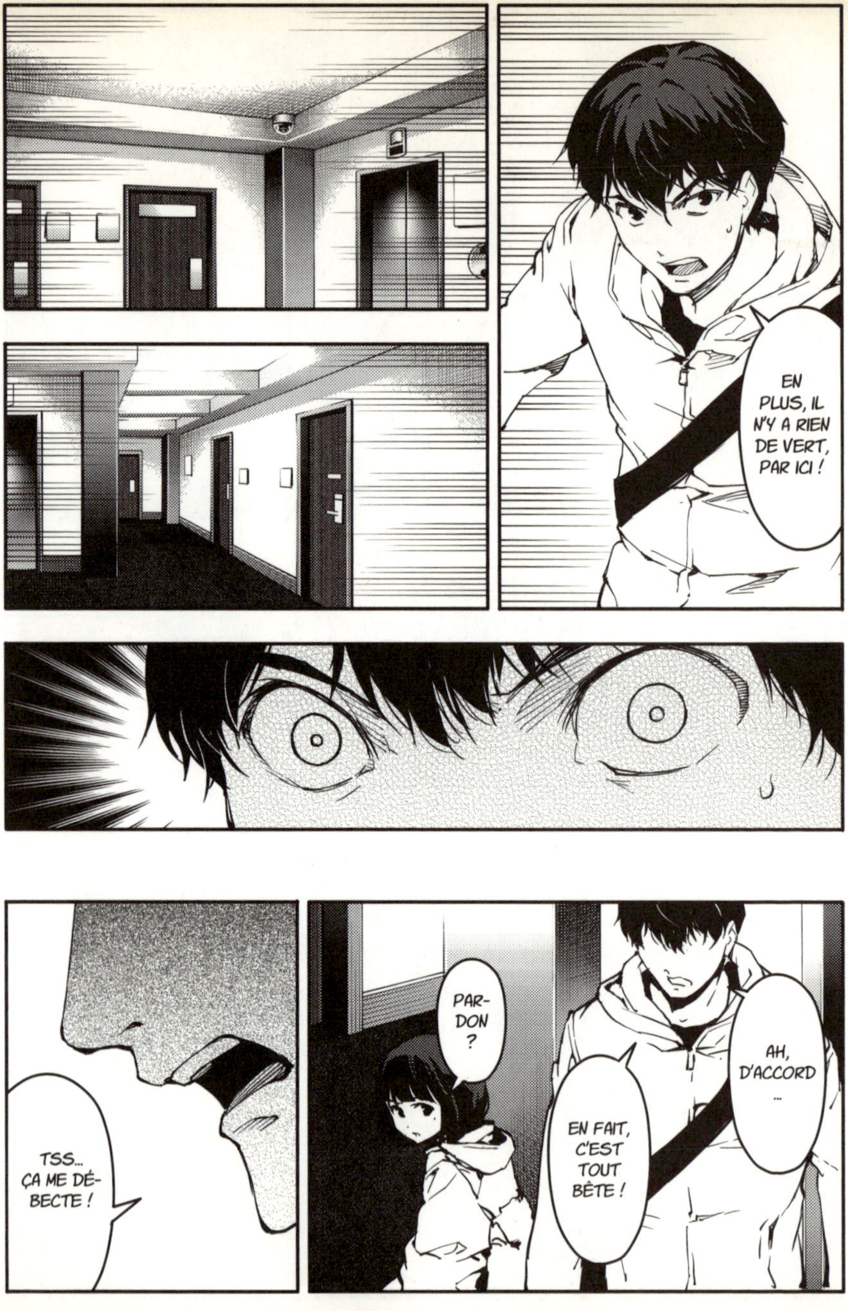
EN PLUS, IL N'Y A RIEN DE VERT, PAR ICI !
AH, D'ACCORD ...
EN FAIT, C'EST TOUT BÊTE !
PAR-DON ?
TSS... ÇA ME DÉBECTE !

LES GENS QUE J'AI COMBATTUS ONT TOUS ESSAYÉ DE ME BUTER ...
MAIS AU MOINS...
ILS SE SALISSAIENT LES MAINS ET RISQUAIENT LEUR PROPRE VIE !
PAS COMME CE MAUDIT FLEURISTE QUI REGARDE LES JOUEURS SE MASSACRER DEPUIS SA PLANQUE !!

BANG
BANG
BANG
MAIS BIEN SÛR ! LES CAMÉRAS DE SURVEIL-LANCE !
PSHHH
ATTENDS UN PEU, SALE VOYEUR !!
JE VAIS TE FAIRE SORTIR DE TON TROU !

No Signal
LIVE
H 17 12:40:08
IL A COMPRIS MA COMBINE...
IL N'EST PAS IDIOT, CE GAMIN !
S'IL CONTINUE À DÉGOMMER LES CAMÉRAS, ÇA VA ME COMPLIQUER LA TÂCHE...
SCRR
No Signal

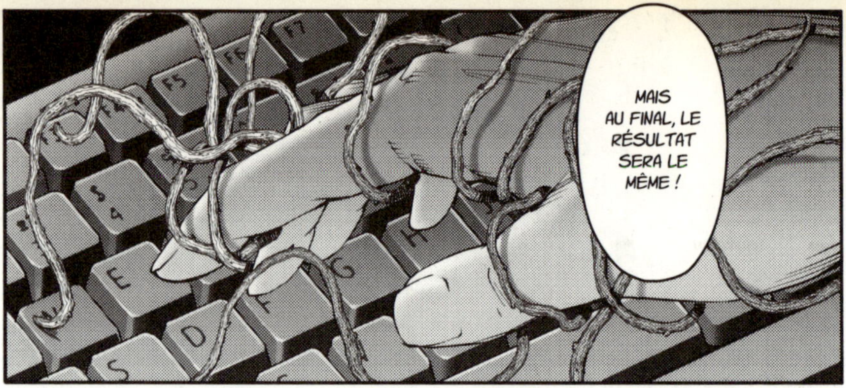
MAIS AU FINAL, LE RÉSULTAT SERA LE MÊME !

CET HÔTEL EST MON JARDIN...
CES DEUX-LÀ N'EN SORTIRONT PAS VIVANTS !

LIVE
CH 14 12:4
JE SUIS CONTENT QUE TU SOIS UN ADVERSAIRE CORIACE, MON GARÇON...
SCRR
TA MORT ME PÈSERA UN PEU MOINS SUR LA CONSCIENCE !

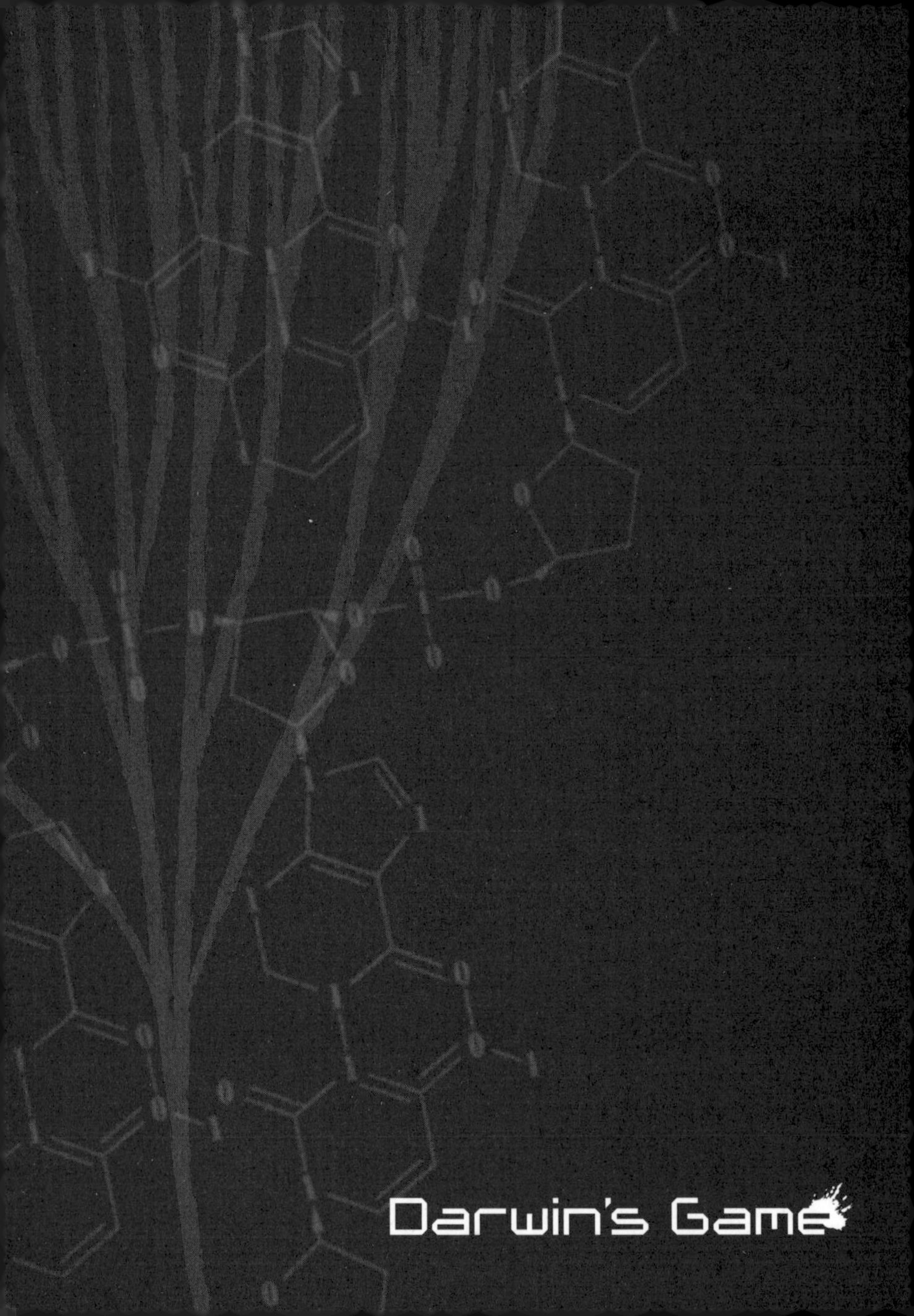
Darwin's Game

BONJOUR ! C'EST VOTRE PREMIÈRE VISITE, JE CROIS...
PUIS-JE VOIR VOTRE INVITATION, S'IL VOUS PLAÎT ?
FSH
スッ
TENEZ !
CLAC
カチャ
B3
B4
B5
BIP
B5
BIP
ピッ
VVVM
ウィ
OOOH !!

Game 11

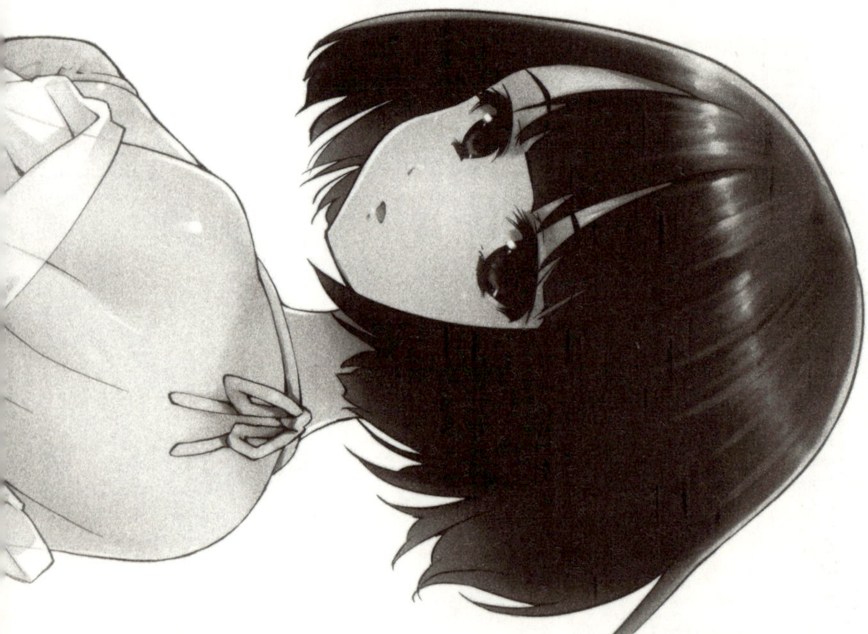

VOILÀ UNE HEURE QUE LA CHASSE AU TRÉSOR A COMMENCÉ ...
AAAAAH!!
JETONS UN COUP D'ŒIL AU CLASSEMENT !
EN PREMIÈRE POSITION...
SHUKA, LA REINE INVINCIBLE !
SHUKA
ELLE A DÉJÀ RÉCUPÉRÉ SIX BRACELETS, SOIT 1 900 POINTS EN TOUT !

SA SÉRIE DE VICTOIRES A BEAU AVOIR PRIS FIN AVEC SON 50E COMBAT ...
ELLE N'EN RESTE PAS MOINS UNE JOUEUSE REDOUTABLE !
EN DEUXIÈME PLACE, LE GRAND FAVORI DU JOUR...
AVEC UNE COTE DE 1,8 POUR CETTE PREMIÈRE PÉRIODE...
ONE, LE LEADER DES EIGHT !
À LUI SEUL, IL POSSÈDE CINQ BRACELETS, UN PEU MOINS QUE SHUKA ...
MAIS EN AJOUTANT CEUX DES MEMBRES DE SON CLAN, ON ARRIVE À UN TOTAL HALLUCINANT DE 18 !
REGARDEZ CE SOURIRE SARDONIQUE ! IL NOUS FAIT SAVOIR QU'IL EST LE MAÎTRE DE SHIBUYA !

EN TROISIÈME POSITION, L'ASSASSIN MYSTÉRIEUX ...
ICHIRO HIRAGI, LE FLEURISTE !
IL N'A POUR L'INSTANT QUE QUATRE BRACELETS...
MAIS VOYEZ CES IMAGES PRISES PAR L'ENVOYÉ SPÉCIAL DE TRINITY, NOTRE CLAN !
UN DES POINTS DE DÉPART DE LA COMPÉTITION, L'HÔTEL "SHIBUYA CENTRAL TOWER", EST SOUS LE CONTRÔLE DE SON SIGIL...
RANKING
SHUKA
ONE
ICHIRO HIRAGI
FIVE
INUKAI
PLUS DE 20 JOUEURS ET AUTANT DE BRACELETS Y SONT PIÉGÉS, COMPLÈTEMENT À SA MERCI !
SA COTE MONTE EN FLÈCHE POUR LA SUITE DE LA COMPÉTITION !
TIENS, TIENS... UN NOUVEAU VISAGE !

ALORS ?
VOUS ÊTES EN VEINE ?
JE NE ME SUIS PAS ENCORE MIS AUX PARIS, JE VIENS D'ARRIVER ...
MON NOM EST AYATSUJI, J'AI ÉTÉ INVITÉ PAR M. KITAJIMA !
BIEN-VENUE PARMI NOUS ...
JE SUIS THÉMIS, LA RESPON-SABLE DE TRINITY !
C'EST DONC VOUS !

AAAAH !
AH ! ON DIRAIT QU'UN AFFRONTEMENT INTÉRESSANT SE PROFILE !
LES QUATRE MEMBRES DES GYRO HEADS ONT RÉUSSI À S'APPROCHER DE SHUKA !
JE PENSE QU'ILS ONT VU UN PEU TROP GRAND...
MAIS ON POURRAIT ASSISTER À UN BEAU COMBAT !
ENCERCLEZ-LA !
ELLE A BEAU ÊTRE DE NIVEAU A, À QUATRE CONTRE UN, ON PEUT GAGNER !

ダッ
VSH
YAAAAAH !
RATATATA
CHEF !
AU-DESSUS !
TCHAC
QUOI ?!

専門店
ヤ雑貨
須河原
整形外科
CURRY HOUSE
KoKo参番屋

QUELLE BANDE D'ESCARGOTS !
CHEF !!
ELLE VA ME LE PAYER !!
KAYAMA !
LA TACTIQUE HABITUELLE !
OK !!
VSH

MANGE-TOI ÇA !!
VIOUUU

PARFAIT !
MES FLÈCHES VONT DROIT SUR ELLE...
ET MÊME SI ELLE LES ESQUIVE, KAYAMA EST LÀ !
AVEC MON SIGIL "MISSILE À TÊTE CHERCHEUSE"...
JE PEUX MODIFIER LA TRAJECTOIRE DE N'IMPORTE QUEL PROJECTILE...
JE NE RATE JAMAIS MA CIBLE ! LA REINE INVINCIBLE VA ÊTRE FAUCHÉE EN PLEIN VOL !!

CRAC
VSH
CRAC
TCHAC
HEIN ?
TCHAC
TAP

ILS ONT UTILISÉ UN SIGIL VERS LA FIN, NON ? JE ME DEMANDE CE QUE C'ÉTAIT...
POF
POF
TCHAC
VSH
VSH
TAP
VSH
TAP
À CAUSE D'EUX, JE N'AI PAS ENCORE PU REJOINDRE KANAME !
J'AI RÉCUPÉRÉ PAS MAL DE BRACELETS... L'ENNUI, C'EST QUE ÇA ATTIRE LES GÊNEURS !

LE "SHIBUYA CENTRAL TOWER", C'EST CETTE GRANDE TOUR...
ÇA FAIT UNE TROTTE, SURTOUT QUE JE DOIS AVANCER EN RESTANT SUR MES GARDES !
BAH, JE NE M'INQUIÈTE PAS POUR MON KANAME ! CET ÉVÉNEMENT, C'EST UNE PROMENADE DE SANTÉ, POUR LUI !
IL A PEUT-ÊTRE MÊME DÉJÀ UNE DIZAINE DE BRACELETS !
PRODIGIEUX !
ELLE LES A ÉLIMINÉS EN UN CLIN D'ŒIL !
LA REINE INVINCIBLE MÉRITE BIEN SON SURNOM...
OOH !
ELLE NOUS EN A MIS PLEIN LA VUE !

EXCITANT, VOUS NE TROUVEZ PAS ?
CETTE FILLE EST MA FAVO-RITE !
ELLE EST FORTE, SANS PITIÉ ...
ELLE A UNE CERTAINE CLASSE...
ET ELLE MAÎTRISE SON SIGIL À LA PER-FECTION !

VOUS N'ÊTES PAS UN JOUEUR MAIS UN INVITÉ, N'EST-CE PAS ?
EXACT !
C'EST PEUT-ÊTRE POUR CETTE RAISON...
QUE MÊME EN LES VOYANT, J'AI ENCORE DU MAL À CROIRE À CES FACULTÉS MYSTÉRIEUSES... CES "SIGILS", COMME VOUS DITES !
TOUT SERAIT PLUS CLAIR SI VOUS PARTICIPIEZ AU D-GAME ...
JE ME DEMANDE QUEL POUVOIR VOUS DÉVELOPPERIEZ !
VOUS NE VOUS ÊTES JAMAIS POSÉ DE QUESTIONS...
SUR LA VRAIE NATURE DE CE JEU ?
JE NE CONNAIS AUCUN JOUEUR QUI S'INTÉRESSE VRAIMENT AU SUJET !
ÇA PIQUE UN PETIT PEU MA CURIOSITÉ, MAIS SANS PLUS...
PARCE QU'ILS SONT SATISFAITS DE CE QUE LE D-GAME LEUR OFFRE ?

L'ARGENT, LES APTITUDES SURHUMAINES...
TOUT CELA LEUR PROCURE UN IRRÉSISTIBLE SENTIMENT DE SUPÉRIORITÉ !
NOTRE SOCIÉTÉ EST PLUS PROSPÈRE ET ÉGALITAIRE QU'AUTREFOIS...
RÉSULTAT, LES GENS SOUFFRENT D'UN CERTAIN MANQUE...
ILS NE PEUVENT PLUS SE DRESSER AU-DESSUS DE LEURS SEMBLABLES !

ET PUIS LE JEU APPORTE AUSSI UN PEU DE PIMENT À L'EXISTENCE !
JE VOIS... MERCI POUR CET ÉCLAIRAGE !
HO HO ! UNE INFO TRÈS INTÉRESSANTE VIENT DE TOMBER !
BIP
APPAREMMENT, UN POLICIER A ÉTÉ INVITÉ À LA CHASSE AU TRÉSOR !
SON NOM ...
YUKIMASA TAGONAKA !
TING
PEUT-ÊTRE ALLONS-NOUS ASSISTER ...

À L'APPARITION D'UN REDRESSEUR DE TORTS !
HI HI ! VOUS SEMBLEZ BIEN SÉRIEUX, TOUT À COUP...
EST-CE QUE PAR HASARD VOUS CONNAÎTRIEZ CET HOMME ?
IL VA EN BAVER, VOUS SAVEZ !
NON...
JE ME DISAIS JUSTE QU'UN FLIC DEVAIT SAVOIR SE BATTRE...
VOUS COMPTEZ PARIER SUR LUI ?
J'AIME BIEN MISER SUR LES OUTSIDERS !
HA HA ! BON, AMUSEZ-VOUS BIEN...
MONSIEUR AYATSUJI !

GARDEZ UN ŒIL SUR L'HOMME À QUI JE VIENS DE PARLER...
ET ENQUÊTEZ À NOUVEAU SUR CE M. KITAJIMA QUI L'A INVITÉ !
ON A PEUT-ÊTRE AFFAIRE À UN FLIC !
BANG BANG
ON AURA TOUT VU !
UNE SCÈNE DE COMBAT URBAIN AU JAPON...
SANS ARME, JE ME VOIS MAL INTERVENIR...
BANG BANG

BANG
BANG
BANG
BANG
BANG
QU'EST-CE QU'ILS FICHENT, AU COMMISSARIAT DE JINGÛ ?!
C'EST LE MOMENT D'ENVOYER L'UNITÉ ANTI-ÉMEUTE !
RATATATA
ILS ONT AUSSI BIEN DÛ SE RENDRE COMPTE QUE LES LIGNES TÉLÉPHONIQUES ÉTAIENT COUPÉES !
QUOIQUE ...
ET SI AU CONTRAIRE PERSONNE N'AVAIT RIEN REMARQUÉ ?
QUAND LES TÉLÉPHONES ONT ÉMIS CE DRÔLE DE BRUIT...
TOUS LES PASSANTS ONT BRUSQUEMENT DÉSERTÉ LES LIEUX... SAUF MOI, CURIEUSEMENT !
DE NOS JOURS, TOUT LE MONDE POSSÈDE UN PORTABLE...
ALORS LE MÊME PHÉNOMÈNE A PU SE PRODUIRE AU POSTE !

SI ÇA SE TROUVE, IL N'Y A PLUS PERSONNE SUR PLACE !
BIP BIP
UN... UN MAIL ?
MON TÉLÉPHONE FONCTIONNE À NOUVEAU ?
1 nouveau message
NON, TOUJOURS PAS MOYEN D'APPELER NI D'EN-VOYER DES MESSAGES...
CLIC CLIC CLIC
CLIC
1/200
Boîte de réception
1 04/07 webmaster Darwin's Game
ANNONCE DU WEBMASTER DARWIN'S GAME
2 04/07 webmaster D
ANNONCE DU WEBMAST
3 04/07 Sakaki
Sergent Tagonaka...
Vous avez reçu un nouve
ALORS COMMENT J'AI PU EN RECEVOIR UN ?
ET DU DARWIN'S GAME, PAR-DESSUS LE MARCHÉ !

13:15
CHAT PRIVÉ
liste des chats amis
04/07 13:15
TOP SECRET RDV PS
appeler 1555.12
signé : taulier
QUI M'A ENVOYÉ ÇA ?!
ON DIRAIT UN MESSAGE CODÉ !
À BIEN REGARDER...
...
UN "TAULIER", C'EST UN COMMISSAIRE DANS LE JARGON POLICIER...
DONC "PS" SERAIT POUR "POLICE STATION", UN COMMISSARIAT...
TOP SECRET RD
appeler 1555.12
signé : taulier
J'AI L'IMPRESSION QUE ÇA VIENT D'UN COLLÈGUE !

1555.12
taulier
UN COMMIS-SAIRE...
JE N'EN CONNAIS PAS PERSON-NELLEMENT, MOI...
NON...
IMPOS-SIBLE...
CE NE SERAIT QUAND MÊME PAS AYANO-KOJI ?!
OP SECRET
ppeler 1555
signé : tauli
ET C'EST QUOI, CE NOMBRE ?
ME VOILÀ BIEN AVANCÉ, JE NE PIGE PAS LA PAR-TIE LA PLUS IMPORTANTE DU MESSAGE !
CE N'EST PAS UN NUMÉRO DE TÉLÉ-PHONE, EN TOUT CAS...

J'Y SUIS !
C'EST LA FRÉQUENCE DE LA RADIO DE LA POLICE !
BANG
BANG
BANG
BANG
RATATATA
AVEC UN PEU DE CHANCE, ELLE FONCTIONNE ENCORE !
ÇA ME FAIT MAL DE QUITTER LES LIEUX D'UNE FUSILLADE...
MAIS JE DOIS AVANT TOUT ME RENDRE AU COMMISSARIAT !
EN COURANT, J'Y SERAI EN MÊME PAS DIX MINUTES.
TAP
!

テナント募集
C'EST TOI... TARO ?
NON, JE DÉBLOQUE !
TARO EST MORT, C'EST JUSTE UN CHIEN QUI LUI RESSEMBLE !
IL A DISPARU ?

ガギィン
CRAC
ガギィン
CRAC
ガギィン
CRAC
フォォ
CLIC
FSHHHH
オォォォ…ン

BANG
BANG
BANG
DEUX PAR L'EST, LES DEUX AUTRES PAR L'OUEST !
ILS SERONT LÀ DANS 30 SECONDES !
COMPRIS !
SCRR
CETTE FOIS, ILS ONT NEUTRALISÉ DEUX CAMÉRAS DU 27E ÉTAGE...
ILS SAVENT SE DÉBROUILLER POUR ÉCHAPPER À MA SURVEILLANCE !

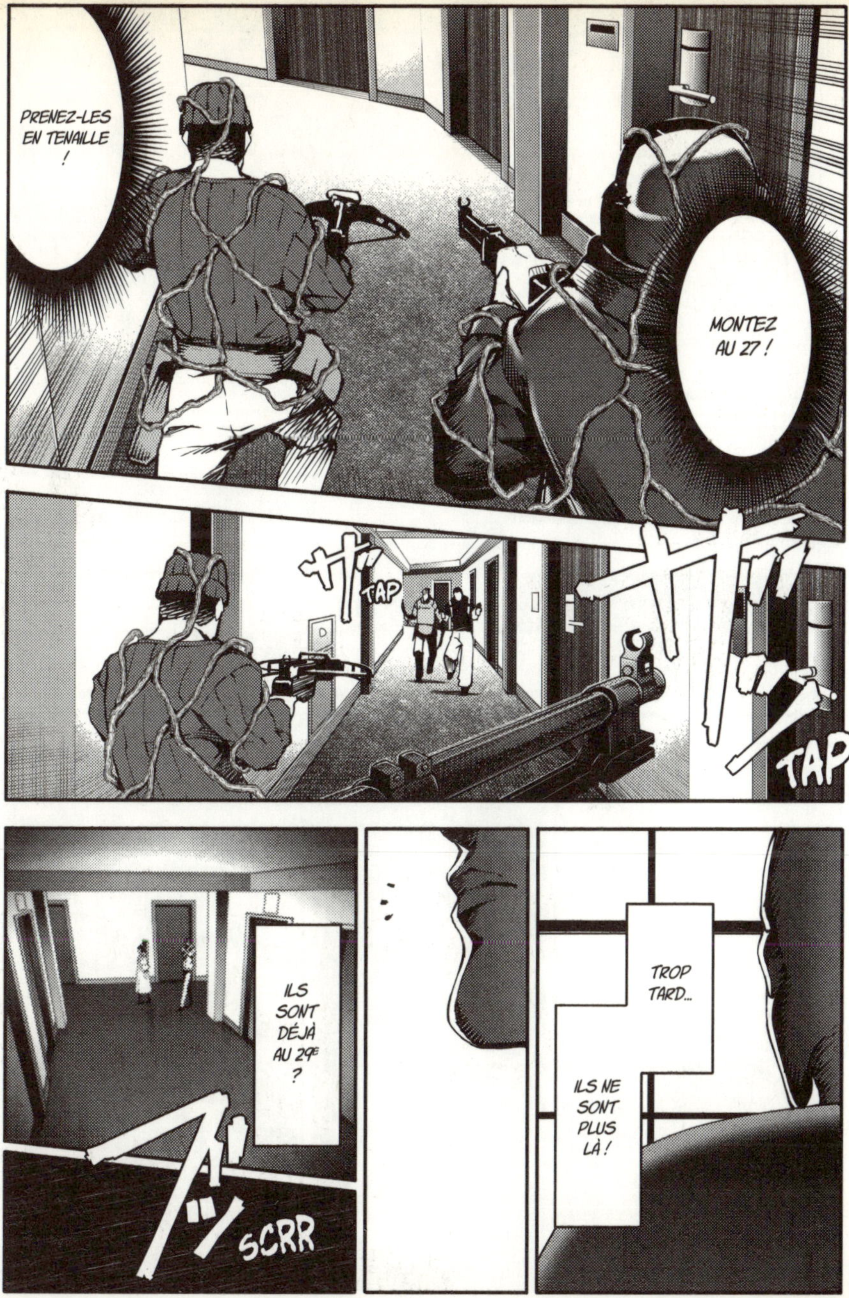
MONTEZ AU 27 !
PRENEZ-LES EN TENAILLE !
TAP
TAP
TROP TARD...
ILS NE SONT PLUS LÀ !
ILS SONT DÉJÀ AU 29E ?
SCRR

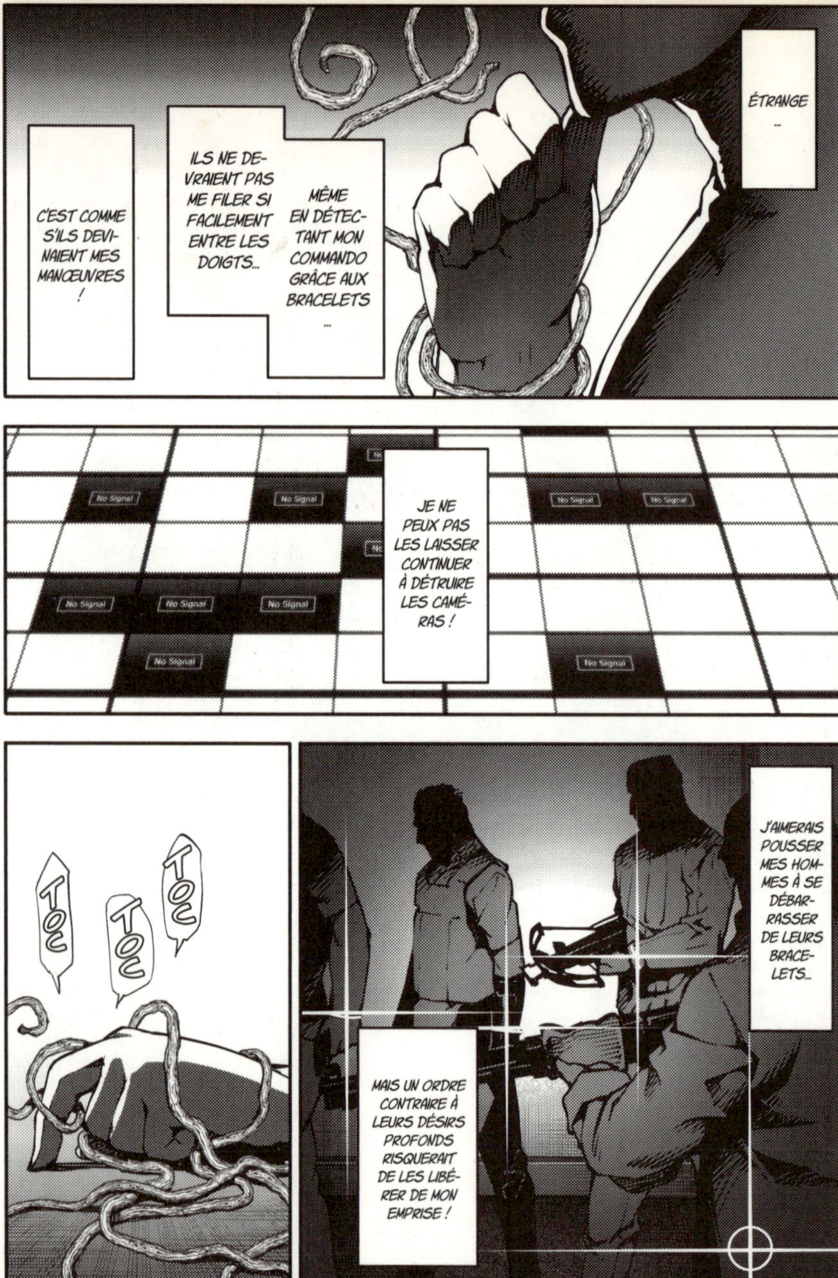
ÉTRANGE ...
ILS NE DEVRAIENT PAS ME FILER SI FACILEMENT ENTRE LES DOIGTS...
MÊME EN DÉTECTANT MON COMMANDO GRÂCE AUX BRACELETS ...
C'EST COMME S'ILS DEVINAIENT MES MANŒUVRES !
No Signal
JE NE PEUX PAS LES LAISSER CONTINUER À DÉTRUIRE LES CAMÉRAS !
J'AIMERAIS POUSSER MES HOMMES À SE DÉBARRASSER DE LEURS BRACELETS...
MAIS UN ORDRE CONTRAIRE À LEURS DÉSIRS PROFONDS RISQUERAIT DE LES LIBÉRER DE MON EMPRISE !
TOC
TOC
TOC

SE LANCER À LA POURSUITE DES GOSSES APRÈS LES AVOIR REPÉRÉS, ÇA LEUR LAISSE LE TEMPS DE S'ÉCHAPPER...
JE M'Y PRENDS MAL...
TENTONS AUTRE CHOSE... JE PLACE UN DE MES PETITS SOLDATS DANS CHAQUE CAGE D'ESCALIER...
ET J'ENVOIE LES DEUX QUI RESTENT PARCOURIR LES COULOIRS, CHACUN DANS UNE DIRECTION DIFFÉRENTE !
COMME ÇA, JE PASSE TOUS LES ÉTAGES AU PEIGNE FIN LES UNS APRÈS LES AUTRES !
27F
ET SI JAMAIS UN D'EUX SE FAIT TUER...
J'AURAIS PRÉFÉRÉ NE PAS ISOLER MES PIONS...
MAIS CE N'EST PAS GRAVE, ILS SONT REMPLAÇABLES ...

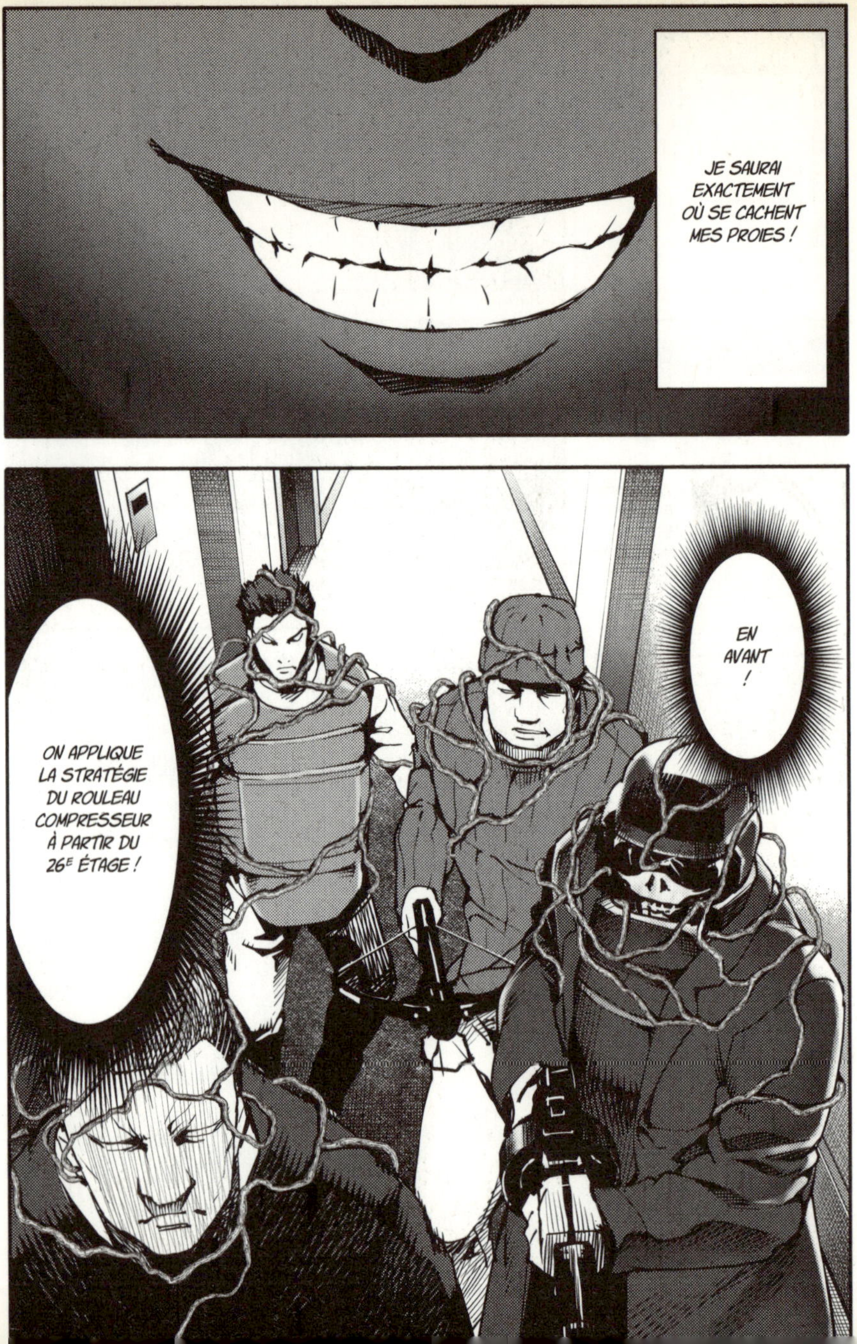
JE SAURAI EXACTEMENT OÙ SE CACHENT MES PROIES !
EN AVANT !
ON APPLIQUE LA STRATÉGIE DU ROULEAU COMPRESSEUR À PARTIR DU 26E ÉTAGE !

LES 27E ET 28E SONT DÉSERTS...
TAP
LE DERNIER ÉTAGE AVEC DES CAMÉRAS BOUSILLÉES EST LE 29E...
29
TAP
VSH
JE VOUS TIENS, MES MIGNONS !

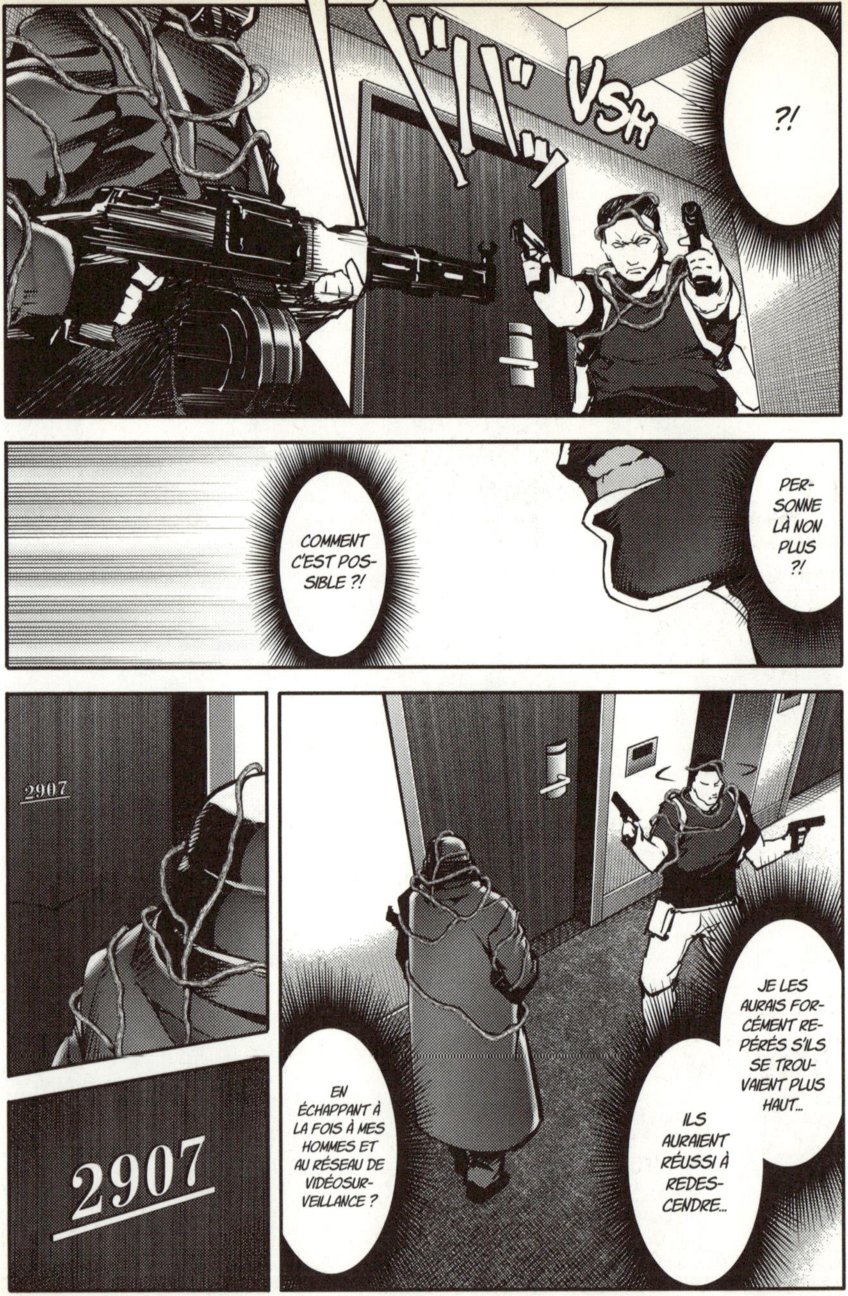
VSH
?!
PERSONNE LÀ NON PLUS ?!
COMMENT C'EST POSSIBLE ?!
JE LES AURAIS FORCÉMENT REPÉRÉS S'ILS SE TROUVAIENT PLUS HAUT...
ILS AURAIENT RÉUSSI À REDESCENDRE...
EN ÉCHAPPANT À LA FOIS À MES HOMMES ET AU RÉSEAU DE VIDÉOSURVEILLANCE ?
2907
2907

GLOUPS
ゴクッ
FSHHH
ス—

C'EST BON...
ILS SONT PARTIS !
PFIOU...
ILS NE SE DOUTAIENT PAS QU'ON POUVAIT SE CACHER ICI, VU QUE TOUTES LES PORTES SONT À VERROUILLAGE AUTOMATIQUE...
ÇA NOUS FAIT UN PREMIER DANGER D'ÉVITÉ !
HEUREUSEMENT QU'EN SORTANT DE LA CHAMBRE OÙ TU AVAIS ÉTÉ TÉLÉPORTÉE, TU AS PENSÉ À BLOQUER LA PORTE AVEC UN OREILLER...
ÇA NOUS A SAUVÉ LA MISE !
C'EST UNE PRÉCAUTION NÉCESSAIRE POUR UNE ADEPTE DE LA FUITE...
UNE PIÈCE FERMÉE À CLÉ EST TOUJOURS UTILE !

PAR CONTRE, ON NE PEUT PAS CONTINUER À DÉTRUIRE LES CAMÉRAS...
ILS VONT FINIR PAR DÉCOUVRIR NOTRE PLANQUE !
DÉSOLÉE D'INSISTER, MAIS TU ES SÛR DE VOULOIR TENTER LE COUP ?
C'EST UN PARI RISQUÉ... LES PROBABILITÉS DE RÉUSSITE SONT DE 40 %...
ET MÊME SI ÇA MARCHE, TES PERSPECTIVES DE SURVIE RESTENT INFÉRIEURES À 50 %...
BREF, TU AS HUIT CHANCES SUR DIX D'Y RESTER !
DANS CE CAS ...

JE N'AI PLUS QU'À PRENDRE MON COURAGE À DEUX MAINS !
No Signal
IL N'Y A AUCUNE CACHETTE DANS LES COULOIRS ...
CHAQUE PORTE EST VERROUIL-LÉE...
OÙ EST-CE QU'ILS ONT...
BIEN PU PASSER ?

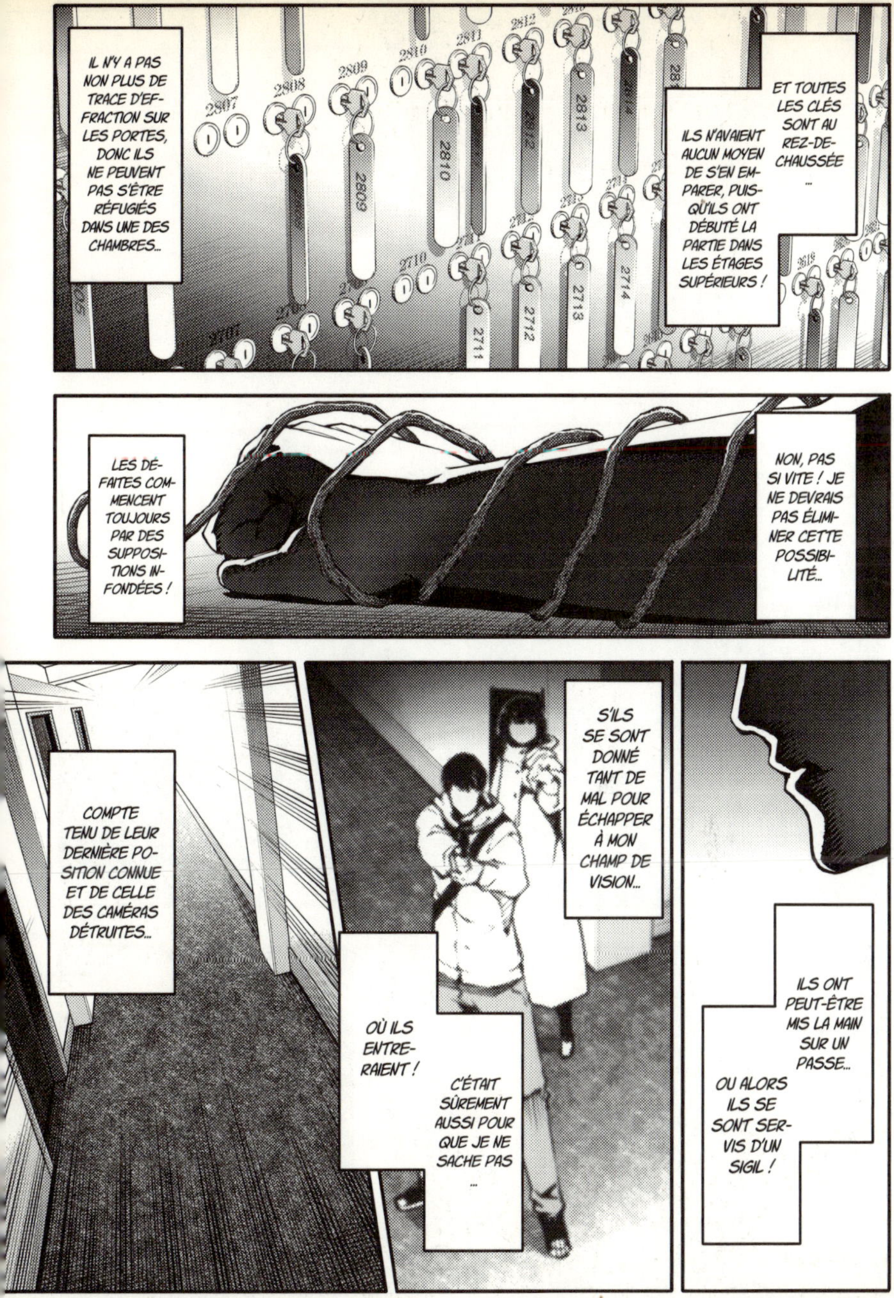
ET TOUTES LES CLÉS SONT AU REZ-DE-CHAUSSÉE ...
ILS N'AVAIENT AUCUN MOYEN DE S'EN EMPARER, PUISQU'ILS ONT DÉBUTÉ LA PARTIE DANS LES ÉTAGES SUPÉRIEURS !
IL N'Y A PAS NON PLUS DE TRACE D'EFFRACTION SUR LES PORTES, DONC ILS NE PEUVENT PAS S'ÊTRE RÉFUGIÉS DANS UNE DES CHAMBRES...
NON, PAS SI VITE ! JE NE DEVRAIS PAS ÉLIMINER CETTE POSSIBILITÉ...
LES DÉFAITES COMMENCENT TOUJOURS PAR DES SUPPOSITIONS INFONDÉES !
ILS ONT PEUT-ÊTRE MIS LA MAIN SUR UN PASSE...
OU ALORS ILS SE SONT SERVIS D'UN SIGIL !
S'ILS SE SONT DONNÉ TANT DE MAL POUR ÉCHAPPER À MON CHAMP DE VISION...
C'ÉTAIT SÛREMENT AUSSI POUR QUE JE NE SACHE PAS ...
OÙ ILS ENTRERAIENT !
COMPTE TENU DE LEUR DERNIÈRE POSITION CONNUE ET DE CELLE DES CAMÉRAS DÉTRUITES...

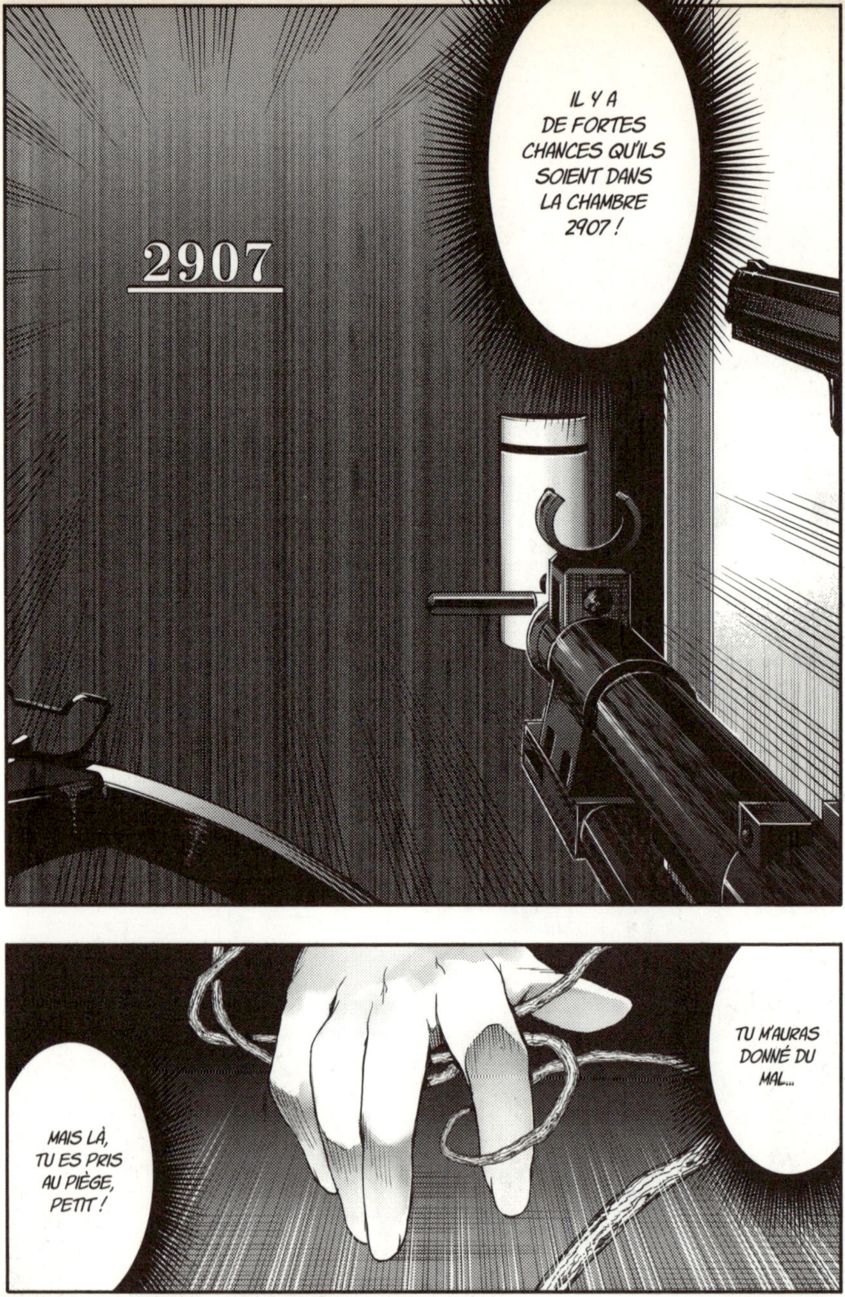
IL Y A DE FORTES CHANCES QU'ILS SOIENT DANS LA CHAMBRE 2907 !
2907
TU M'AURAS DONNÉ DU MAL...
MAIS LÀ, TU ES PRIS AU PIÈGE, PETIT !

PERSONNE !
JE ME SERAIS TROMPÉ DE PIÈCE ?
NON, LE LIT A ÉTÉ DÉFAIT...
ILS SE PLANQUENT QUELQUE PART !

MITRAILLEZ TOUTES LES CACHETTES POTENTIEL-LES !
FSHHHH
CRII

C'EST TERMINÉ…
ÇA NE ME PLAÎT PAS DE TUER DES ENFANTS, MAIS C'ÉTAIT LA DERNIÈRE FOIS !
AVEC TOUS LES BRACELETS RÉCUPÉRÉS DANS L'HÔTEL, JE ME FERAI AU MOINS 300 MILLIONS DE YENS*…
LARGEMENT ASSEZ POUR…
* PLUS DE 2 MILLIONS D'EUROS, NDT.
BOUM
QU'EST-CE QU…
CLAC
BRR
BRR
BRR

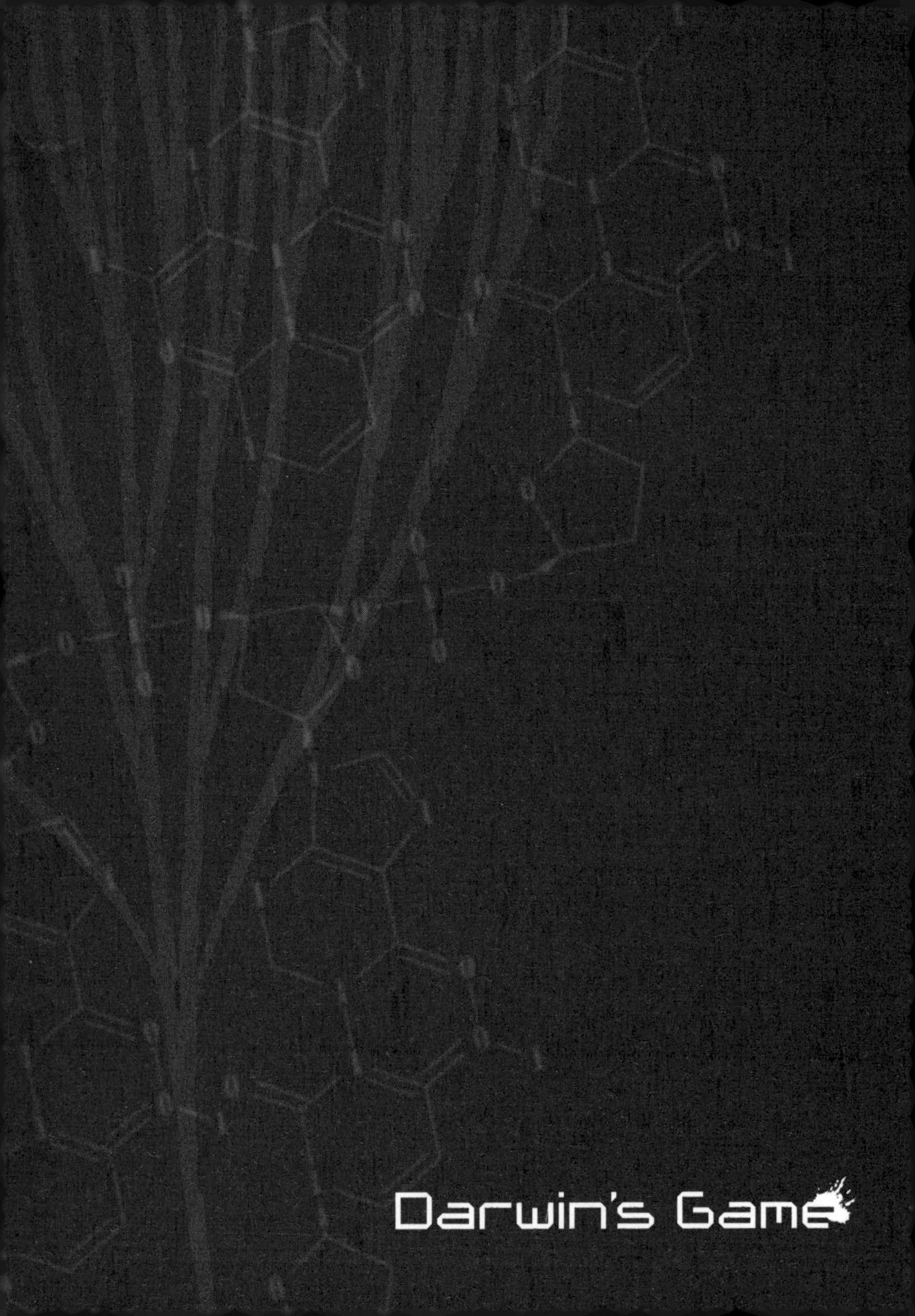
Darwin's Game

Game 12

BOUM
BRR
QUOI ?!
BRR
UN BRUIT D'EXPLOSION ?!
TAC
TAC
TAC
D'OÙ ÇA VENAIT ?!
BIP
C'EST UNE DE MES BARRICADES AU 26E ÉTAGE ...
ILS ESSAIENT DE LA FAIRE SAUTER !

No Signal
JE NE M'ATTENDAIS PAS À CE QU'ILS AIENT DES EXPLO-SIFS...
MAIS MA BARRIÈRE VÉGÉTALE N'EST PAS FACILE À DÉTRUIRE...
ET MAINTE-NANT, JE SAIS OÙ ILS SONT !
26
25
C'EST CE QUE JE CRAIGNAIS, ÇA N'A PAS SUFFI À DÉ-BLAYER LE CHEMIN...
FSHHHH

JE N'AI PAS LE TEMPS POUR UNE SECONDE TENTATIVE ...
TAP
ダッ
ダッ
TAP
LES CIBLES SONT AU 26E ÉTAGE...
PRÈS DE LA BARRICADE EST !
ザッ
TAP
ENCERCLEZ-LES, PUIS ÉLIMINEZ-LES !
ザッ
TAP
ザッ
TAP

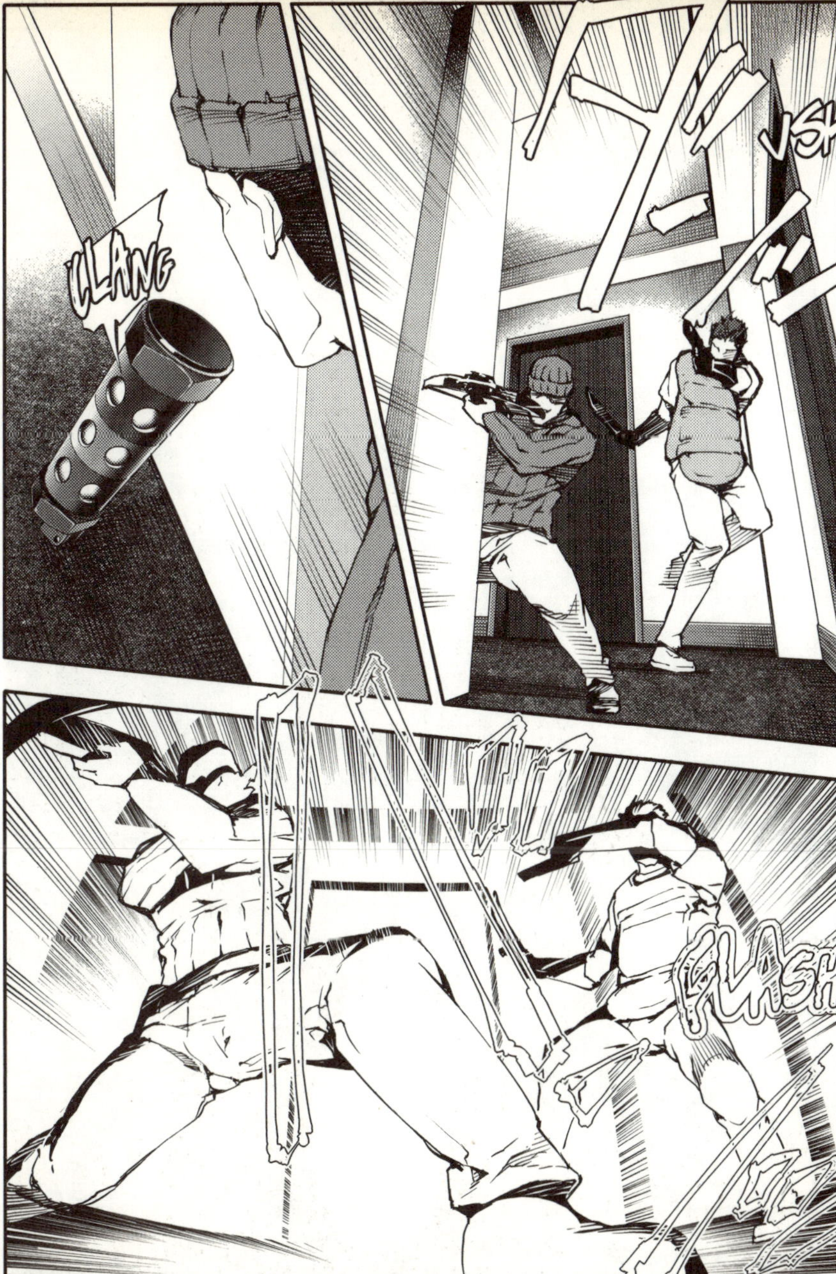

VSH
CLANG
SLASH

VSH
DZZT

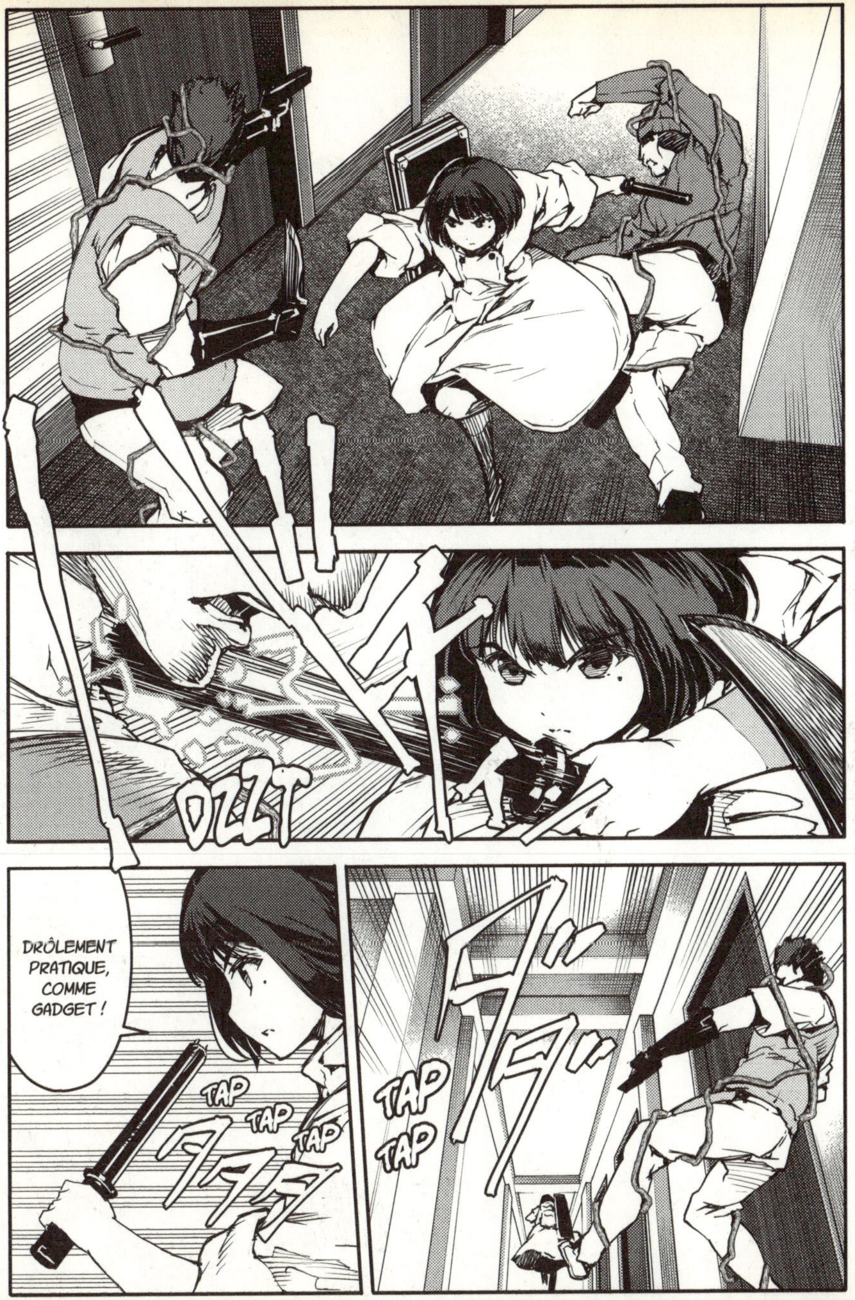
DZZT
TAP
TAP
DRÔLEMENT PRATIQUE, COMME GADGET !
TAP
TAP
TAP

JE N'AI PAS RÉUSSI À DÉBLOQUER L'ESCALIER, MAIS ON S'Y ATTENDAIT PLUS OU MOINS...
C'EST À PARTIR DE MAINTENANT QUE TOUT VA SE JOUER !
ÇA VA MAR-CHER, TU CROIS ?
BIP
BIP
C'EST TON IDÉE, NON ?
JE NE PENSE PAS QUE ÇA AIT DÉJÀ ÉTÉ TENTÉ...
MAIS ÇA DEVRAIT ÊTRE FAI-SABLE !
BIP

FSHH
OPEN
konozama.com
J'AI BIEN PU LES ACHETER !
konozama.com
JE N'AVAIS PAS SONGÉ QU'ON POUVAIT UTILISER LES FONCTIONS GACHA ET MAGASIN AU COURS D'UNE PARTIE...
IL FAUT DIRE QU'ON N'A PAS LE TEMPS D'ESSAYER QUAND ON EST AU MILIEU D'UN DUEL !
CÔTÉ ÉQUIPEMENT, ON EST PARÉS ...
RESTE À SE RÉPARTIR LES TÂCHES !

AVEC "LAPLACE", JE SUIS LA MIEUX ÉQUIPÉE POUR ME CHARGER DE L'EXPLOSION !
QU'EST-CE QUE C'EST QUE ÇA ?
LE SIGIL ...
QUE J'AI OBTENU DANS LE D-GAME !
CLAN :
NOM :
SCOR
NIVE
POIN
TOTA
COMBATS RÉ
LOQUÉES
Magasin
SIGIL : FONCTION UNIVERSELLE "LAPLACE
IL SORT D'OÙ, CE NOM ? C'EST TOI QUI L'AS TROUVÉ ?
MAIS NON...
LES POUVOIRS SONT ATTRIBUÉS ARBITRAIREMENT PAR LE SYSTÈME...
OU PLUTÔT PAR L'ADMINISTRATEUR DU JEU !

TU AS DÉJÀ ENTENDU PARLER DU DÉMON DE LAPLACE ?
EUH, NON...
C'EST UN CONCEPT IMAGINÉ PAR LE MATHÉMATICIEN DU MÊME NOM AU XVIIIe SIÈCLE...
UN ÊTRE CONNAISSANT LA TRAJECTOIRE DE CHAQUE ATOME DE L'UNIVERS ET POSSÉDANT UNE CAPACITÉ DE CALCUL ILLIMITÉE !
ÇA FAIT PLUTÔT PENSER À UN SUPERORDINATEUR, TON TRUC !
C'EST VRAI...
ET LE D-GAME CONSIDÈRE QUE MON SIGIL...

EST COM-PARABLE AU POUVOIR DE CE DÉMON !
IMPRES-SIONNANT ! ELLE N'A FAIT QU'UNE BOUCHÉE DE MES HOMMES !
No Signal
MAIS ELLE AURAIT DÛ LES ACHE-VER ! C'EST UNE ERREUR ...
QUI VA LUI COÛTER LA VIE !

スッ
VSH
チャキ
FSH
BANG

VSH
ヒュッ
IL L'A RATÉE ?!
POUR-SUIVEZ-LA !!
NE LA LAIS-SEZ PAS S'ÉCHAP-PER !

TAP
TAP
J'AI RÉUSSI À LES ATTIRER TOUS LES QUATRE...
MAINTENANT, TOUT EST UNE QUESTION D'ENDURANCE !
TAP
TAP
TAP
TAP
TAP
VSH
TAP
29
HAN
28
HAN
36
HAN

40
HAN
HAN
J'AURAIS DU FAIRE UN PEU PLUS DE JOGGING...
HAN
HAN

AU MOINS, CET ÉTAGE NE MANQUE PAS D'ENDROITS OÙ SE METTRE À COUVERT...
TAP
TAP
LES VOILÀ !
ILS ONT DIX SECONDES D'AVANCE SUR MES PRÉVISIONS ...
VSH

RATATATATATA
VSHHHH
VSH
BANG
BANG
BANG
ENCORE RATÉ ?!
C'EST À SE DEMANDER S'ILS SAVENT TIRER !

ILS ONT POURTANT VAINCU LEURS ADVERSAIRES AU DÉBUT DE LA CHASSE AU TRÉSOR ! JE LES PRENAIS POUR DES COMBATTANTS EXPÉRIMENTÉS...
JE ME SERAIS TROMPÉ SUR LEUR COMPTE ?
NON ! CE N'EST PAS QU'ILS VISENT MAL...
C'EST LA FILLE ! ÇA PARAÎT DINGUE, MAIS...

ELLE ESQUIVE LES BALLES !
INCROYA-BLE !
J'AI DÉCOU-VERT MON POUVOIR...
QU'EST-CE QUE TU REGARDES ?
J'AI REÇU UN MES-SAGE DE MIO...
BOÎTE DE RÉCEPTION
from Webmaster Darwin's Game
sub Invitation Darwin's Game
Le joueur Mio Tachikawa vous
invite à participer au Darwin's
Game.
Rejoignez vos amis et amus
vous avec eux !
Darwin's Game est un jeu
entièrement gratuit.
☆ Pour jouer, cliquez sur l
https://darwinsgame.com
=af2cb6cff14fdef4
ENVOYER
"DARWIN'S GAME" ?

TCHAC
HEIN ?
À L'INSTANT MÊME OÙ J'AI ACTIVÉ L'APPLI "DARWIN'S GAME" !
QU'EST-CE QU'IL Y A ?

QU...
QU'EST-CE QUE JE VOIS ?

DU VERRE ?
HEIN ?!
PLOF
A... ATTENDS !
VROUM
UN ACCIDENT ?!

BOUM
"UNE INTELLIGENCE...
QUI, À UN INSTANT DONNÉ, CONNAÎTRAIT TOUTES LES FORCES DONT LA NATURE EST ANIMÉE ET LA SITUATION RESPECTIVE DES ÊTRES QUI LA COMPOSENT...
VSH
TCHAC
SI D'AILLEURS ELLE ÉTAIT SUFFISAMMENT VASTE POUR SOUMETTRE CES DONNÉES À L'ANALYSE, EMBRASSERAIT DANS LA MÊME FORMULE LES MOUVEMENTS DES PLUS GRANDS CORPS DE L'UNIVERS ET CEUX DU PLUS LÉGER ATOME"...
OH MON DIEU ! IL EST RENTRÉ DANS LA CABINE TÉLÉPHONIQUE !

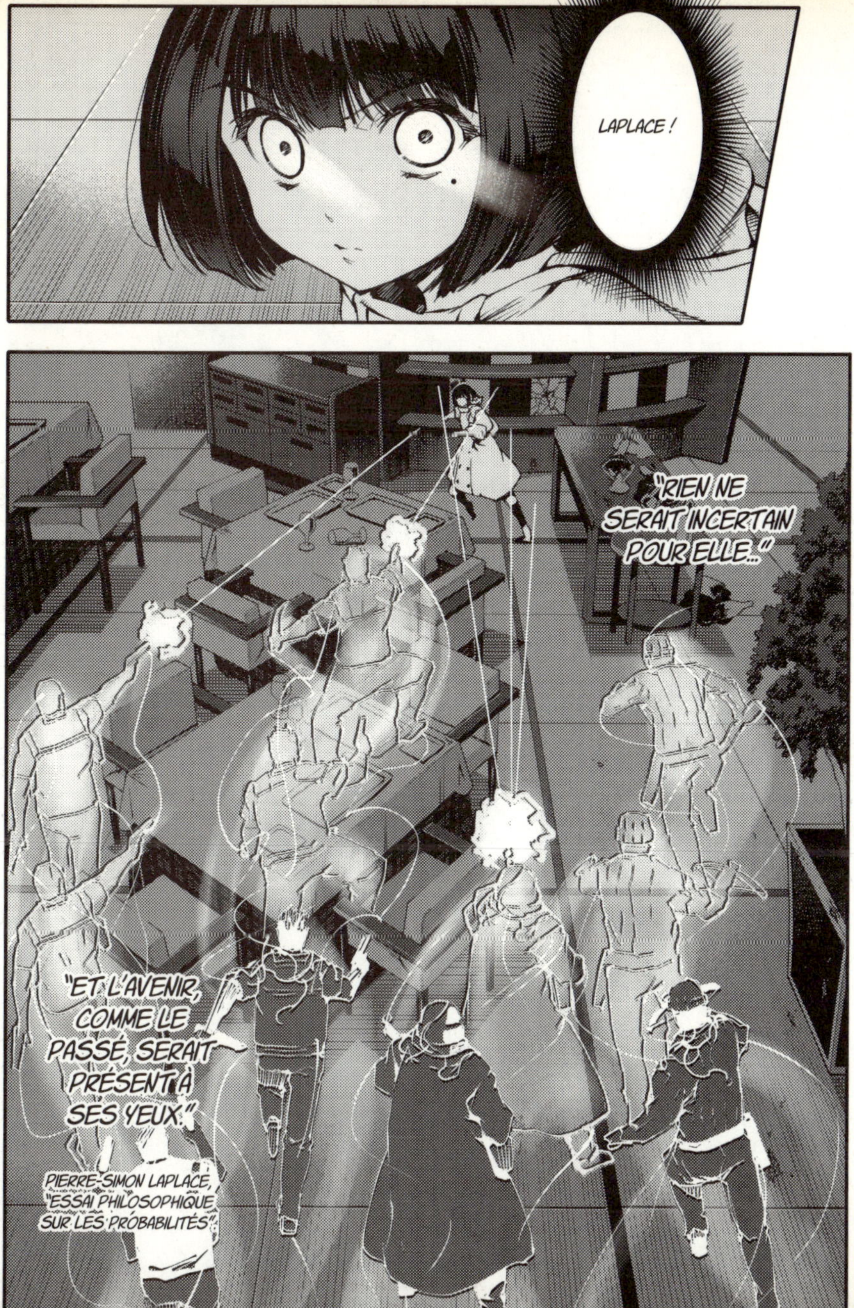
LAPLACE !
"RIEN NE SERAIT INCERTAIN POUR ELLE..."
"ET L'AVENIR, COMME LE PASSÉ, SERAIT PRÉSENT À SES YEUX."
PIERRE-SIMON LAPLACE, "ESSAI PHILOSOPHIQUE SUR LES PROBABILITÉS"

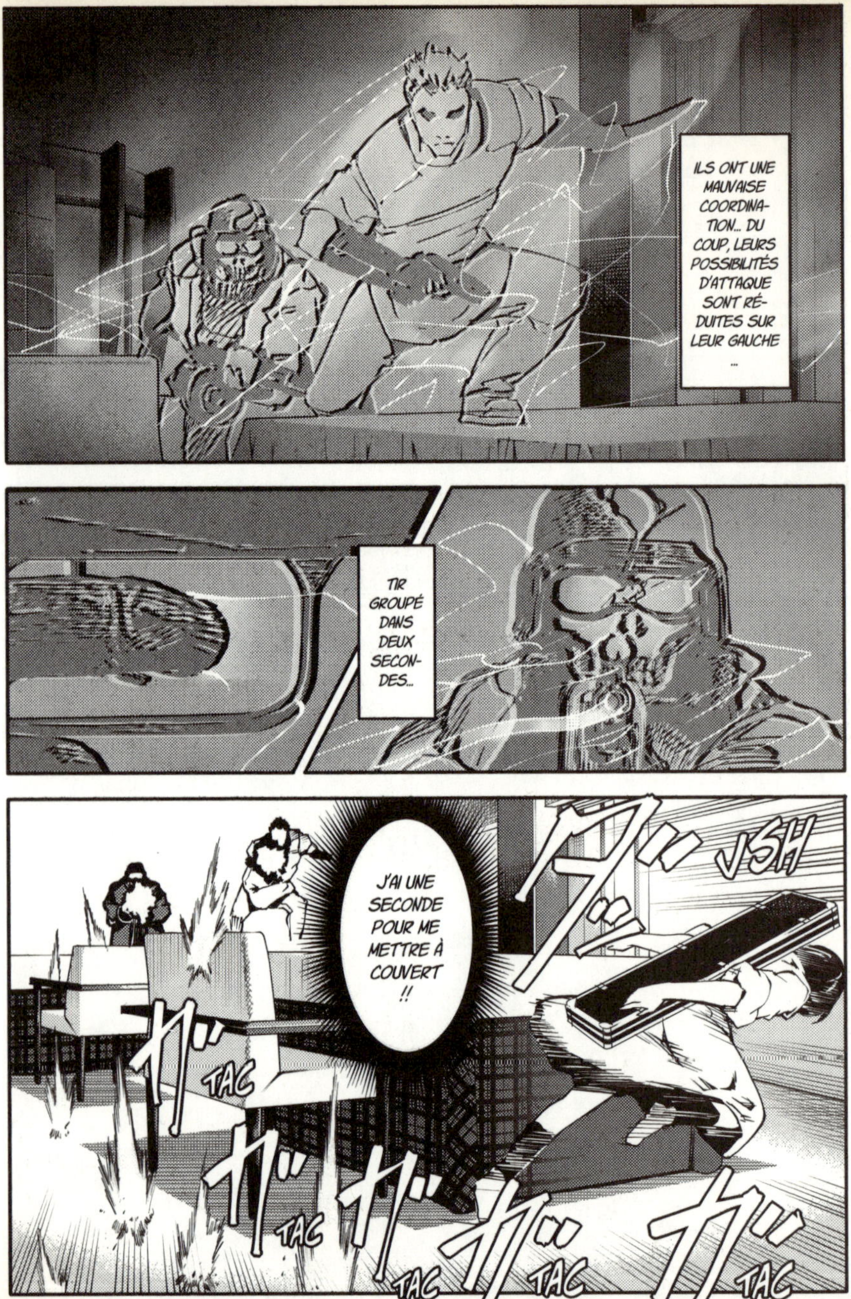
ILS ONT UNE MAUVAISE COORDINATION... DU COUP, LEURS POSSIBILITÉS D'ATTAQUE SONT RÉDUITES SUR LEUR GAUCHE ...
TIR GROUPÉ DANS DEUX SECONDES...
JSH
J'AI UNE SECONDE POUR ME METTRE À COUVERT !!
TAC
TAC
TAC
TAC
TAC

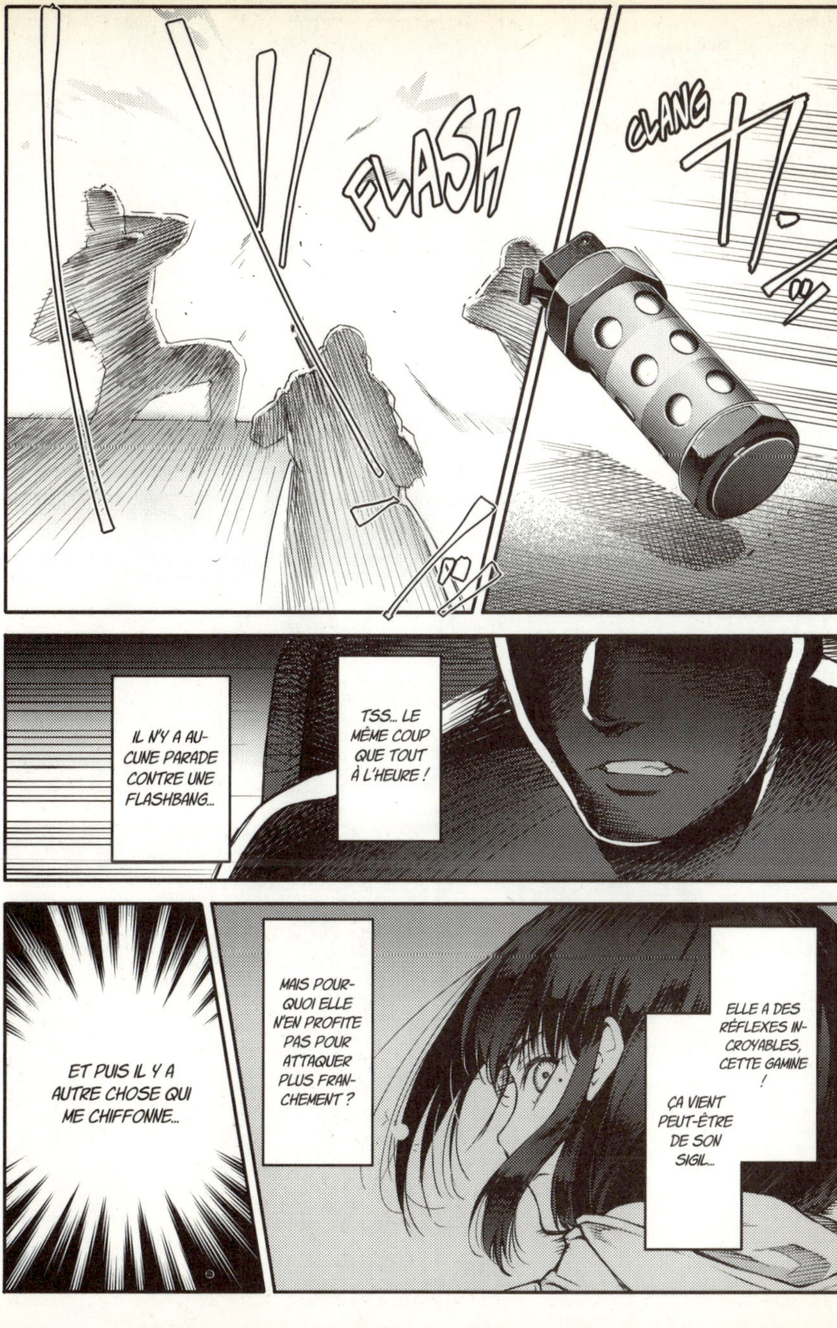
CLANG
FLASH
TSS… LE MÊME COUP QUE TOUT À L'HEURE !
IL N'Y A AUCUNE PARADE CONTRE UNE FLASHBANG…
ELLE A DES RÉFLEXES INCROYABLES, CETTE GAMINE !
ÇA VIENT PEUT-ÊTRE DE SON SIGIL…
MAIS POURQUOI ELLE N'EN PROFITE PAS POUR ATTAQUER PLUS FRANCHEMENT ?
ET PUIS IL Y A AUTRE CHOSE QUI ME CHIFFONNE…

OÙ EST PASSÉ LE GARÇON ?
JE PENSAIS QU'IL S'ÉTAIT EMBUSQUÉ QUELQUE PART...
MAIS SA COPINE A ATTEINT LE DERNIER ÉTAGE SANS QU'IL SE MANIFESTE !
IL SERAIT RESTÉ PLAN-QUÉ DANS UNE CHAMBRE PENDANT QUE LA FILLE SE BAT SEULE ?
PAS TRÈS GLORIEUX, TOUT ÇA...
CE REGARD ...
JE NE PEUX PAS CROIRE QUE CE SOIT CELUI D'UN LÂCHE !

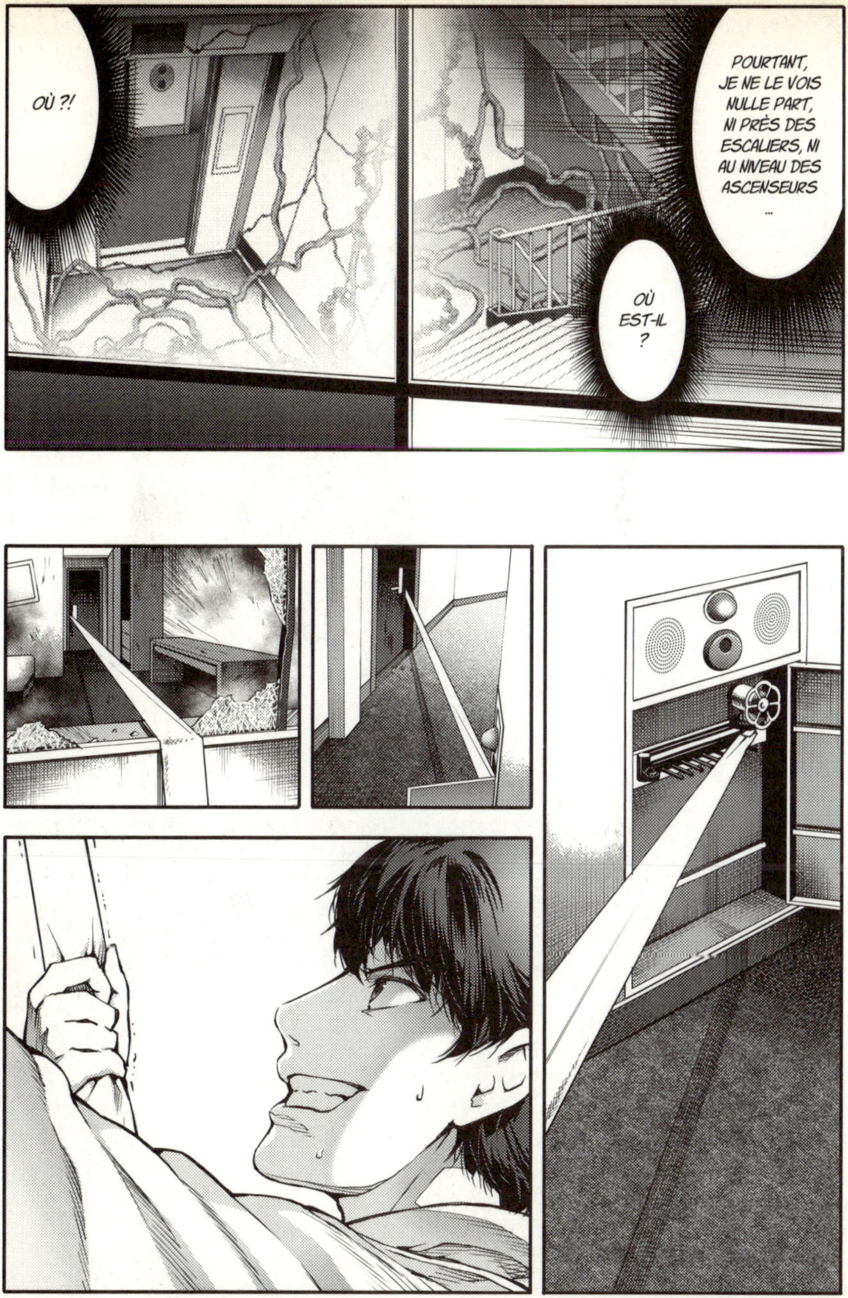
POURTANT, JE NE LE VOIS NULLE PART, NI PRÈS DES ESCALIERS, NI AU NIVEAU DES ASCENSEURS ...
OÙ EST-IL ?
OÙ ?!

LA VACHE...
JE VAIS Y PASSER !!

CRIII
CRRR
CRRR
POURVU QUE LE TUYAU TIENNE LE COUP !
!!
ZIP

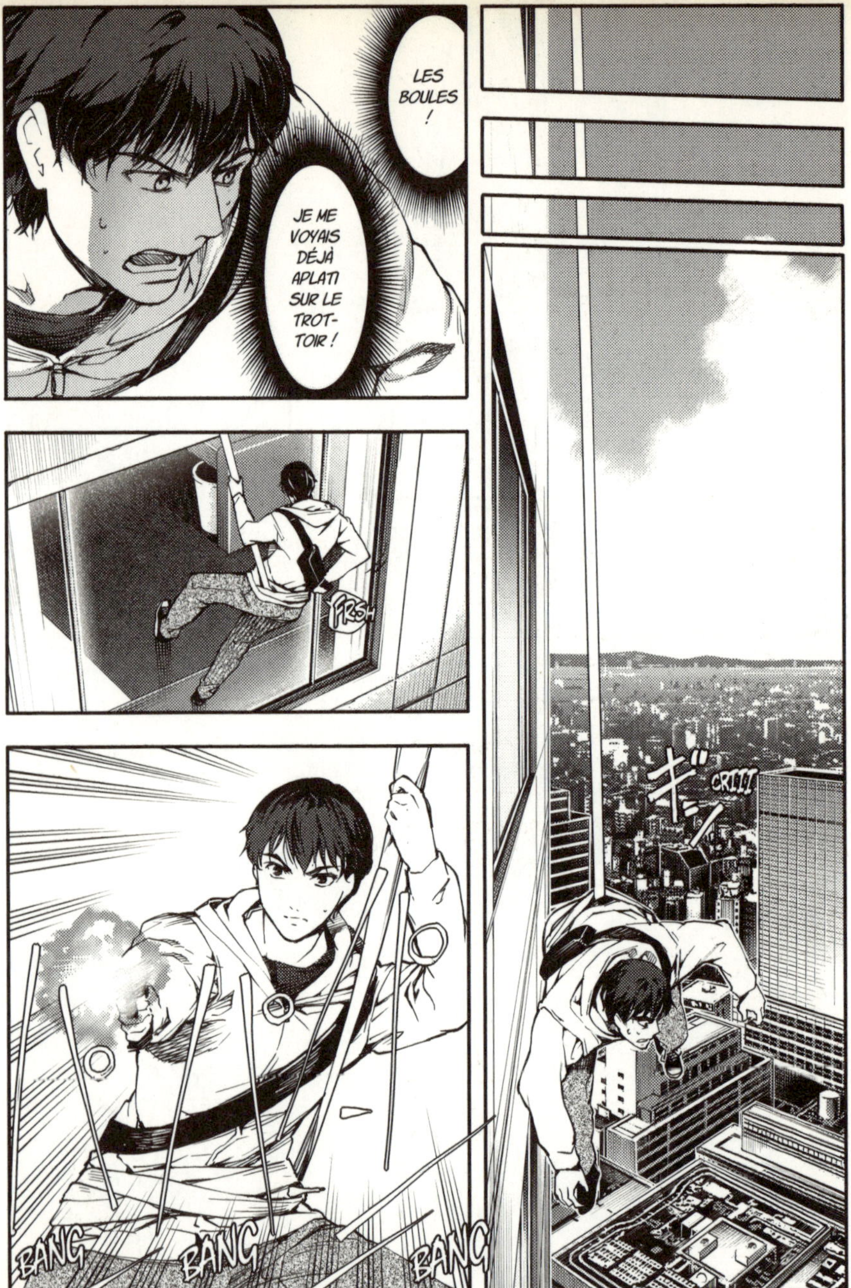
LES BOULES !
JE ME VOYAIS DÉJÀ APLATI SUR LE TROT-TOIR !
FRSH
BANG
BANG
BANG
CRIII

BAM
BAM
ELLE EST SOLIDE, CETTE FOUTUE VITRE !
BAM
CRAC
FUIT
IL VA FALLOIR QUE J'UTILISE UNE AUTRE GRENADE !

BOUM
TAP
QUAND J'AI FAIT SAUTER LA FENÊTRE DE LA CHAMBRE DU 26E ÉTAGE, RAIN A COUVERT LA DÉTONATION AVEC UNE AUTRE EXPLOSION...
MAIS CE COUP-CI, LE FLEURISTE A DÛ M'ENTENDRE !
NOTRE PLAN EST DÉJÀ COMPROMIS !

IL EST AU 15e ?! COMMENT IL A PU ARRIVER LÀ ?!
IL SERAIT DESCENDU PAR LA FAÇADE ?!
MERDE ! ILS M'ONT EU EN BEAUTÉ !
BAM
L'EXPLOSION PROVOQUÉE PAR SA COPINE SERVAIT DE CAMOUFLAGE !
LAISSEZ TOMBER LA FILLE !
C'EST EN BAS QUE ÇA SE PASSE !
TAP TAP
ON DIRAIT QUE NOTRE ADVERSAIRE A DÉCOUVERT LE POT AUX ROSES...
CELA DIT...
CLIC

ME TOURNER LE DOS COMME ÇA, C'EST VRAIMENT ME PRENDRE POUR UNE IN-CAPABLE !
BANG
MAIS JE NE VOUS LAISSERAI PAS REDES-CENDRE !
SOYEZ TRAN-QUILLES, JE NE VISE PAS LA TÊTE...

TSS...
QU'EST-CE QUE VOUS FABRIQUEZ ?!
BOUM
C'EST PAS VRAI !
C'EST PAS LE MOMENT DE TRAÎNASSER !
IL A DÉJÀ ATTEINT LE REZ-DE-CHAUSSÉE ?!
IL AURA BIENTÔT TROUVÉ LA SALLE DE VIDÉOSURVEILLANCE !
JE NE PENSAIS PAS L'AVOIR SOUS-ESTIMÉ, MAIS IL A ÉTÉ PLUS MALIN QUE MOI...
JE N'AI PAS PU DEVINER SES INTENTIONS !
NON, C'EST FAUX... DEPUIS LE DÉBUT...
C'ÉTAIT CLAIR QU'IL M'EN VOULAIT !
CE QUE JE N'AI PAS SU PRÉVOIR...

C'EST SA DÉTER-MINATION !

TIIING
DEPUIS QUE J'AI ÉPUISÉ MON STOCK DE GRE-NADES, J'EN FABRIQUE D'AUTRES AVEC MON SIGIL...
MAIS JE ME SENS VIDÉ DE MES FORCES...
ET PAS QUESTION DE BAISSER MA GARDE POUR UTILISER LE MAGASIN !
ICI AUSSI, IL Y A UNE BAR-RIÈRE DE PLANTES...
ENCORE UN PIÈGE, J'IMAGINE !
INUTILE DE LANCER ÇA, MON GARÇON...
J'ARRIVE !

C'EST TOI, LE FLEURISTE ?
C'EST COMME ÇA QU'ON ME SURNOMME, APPAREMMENT...
AVANT DE COMMENCER, J'AIMERAIS DISCUTER UN PEU...
POURQUOI ?
L'UN DE NOUS VA BIENTÔT MOURIR, OU PEUT-ÊTRE MÊME QU'ON Y PASSERA TOUS LES DEUX...
C'EST NOTRE DERNIÈRE OCCASION D'ÉCHANGER QUELQUES MOTS !

DIS-MOI...
POURQUOI EST-CE QUE TU PARTICIPES AU DARWIN'S GAME ?
DÉSOLÉ DE TE DÉCEVOIR...
JE N'AI PAS DE RAISON ...
J'Y AI ÉTÉ ENTRAÎNÉ DE FORCE !
CELA DIT, LÀ, AU MOMENT OÙ JE TE PARLE...
J'AI UN OBJECTIF TRÈS CLAIR... VOUS ÉCLATER LA TRONCHE, À TOI ET AU SALAUD QUI A CONÇU CE JEU !
MOI, JE LE FAIS POUR L'ARGENT...
FRSH
FRSH
TU ES PROBABLEMENT TROP JEUNE POUR COMPRENDRE ...

FRSHH
FRSHH
FRSHH
CRR
CRRR
MAIS UN OU DEUX MILLIONS DE YENS ...
CRRR
CRRR
ÇA PEUT ACHETER UNE VIE !
ET ÇA TE DONNE LE DROIT DE TUER ?
POUR QU'UNE PERSONNE VIVE, UNE AUTRE DOIT MOURIR...
C'EST EXACTEMENT CE QUI VA SE PASSER MAINTENANT !
CRAC
CRRR
CRRR

VOYONS QUI DE NOUS DEUX VA S'EN SORTIR...
LA FERME, ENFOIRÉ !

TIIING
TIIING
C'EST PAS À TOI DE DÉCIDER SI QUELQU'UN DOIT CREVER !
À SUIVRE...

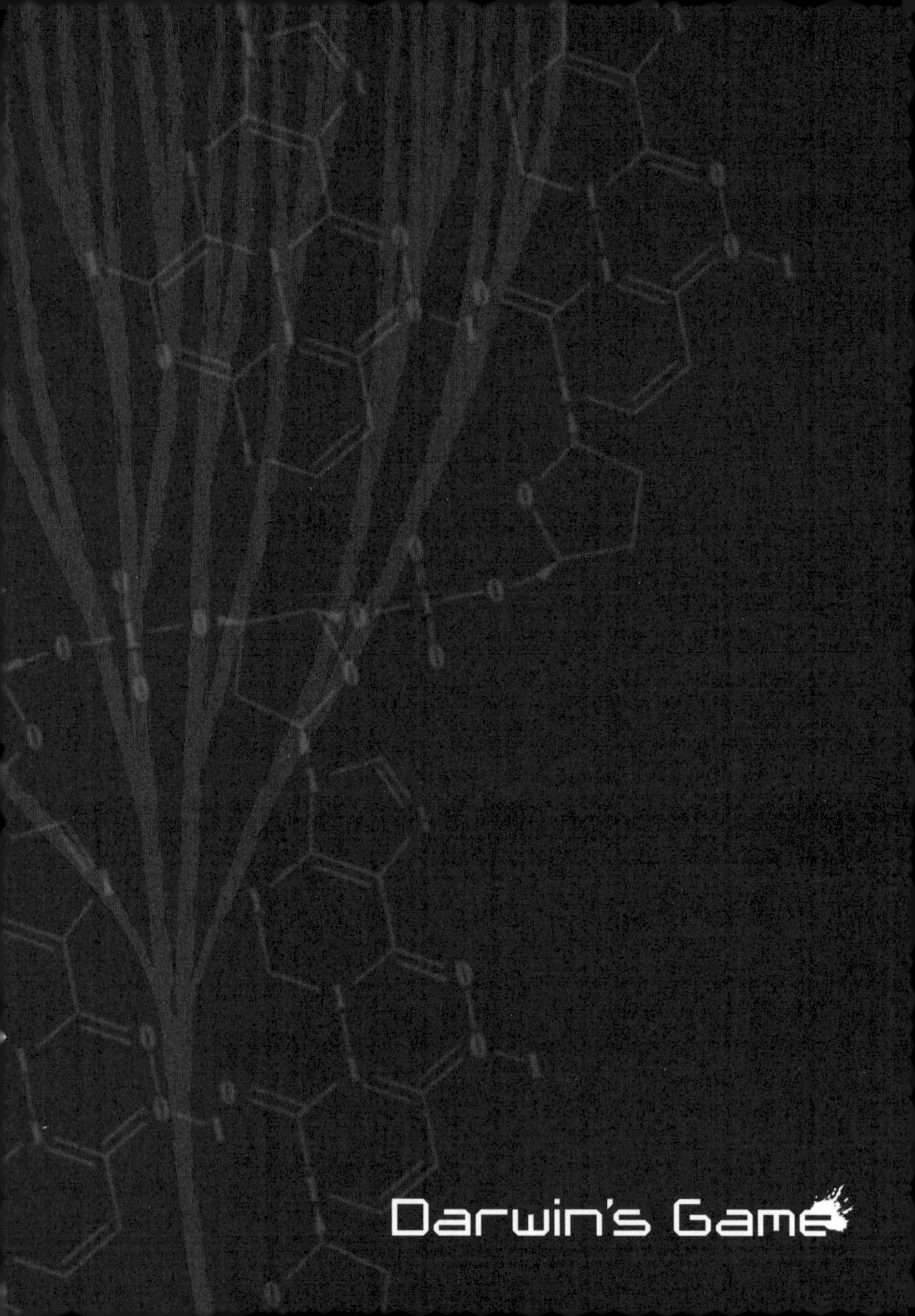
Darwin's Game

Game ??

* LA PYROMANE S'ENVOLE VERS D'AUTRES CIEUX *

CE QUI EST FAIT EST FAIT...
VA DE L'AVANT AU LIEU DE RUMINER LE PASSÉ !
GLOU GLOU
C'EST PAS UN PANDA EN PELUCHE QUI VA ME FAIRE LA MORALE !
SURTOUT AVEC UN VIEUX PERVERS DEDANS !!
MAIS IL N'Y A PERSONNE EN MOI !
JE NE SUIS QUE BANDA-BOY, L'ADORABLE MASCOTTE DU CLUB DE BASEBALL DES PANDEMICS !
TU VEUX QUE JE TE CRAME POUR VÉRIFIER ?!
TOI, ON S'EN FOUT QUE TU SOIS MORT ! MAIS QU'UNE JOLIE FILLE COMME MOI DISPARAISSE, C'EST UNE TERRIBLE PERTE POUR LE MANGA !
ÇA VA, LES CHEVILLES ?

À QUI LA FAUTE, AUSSI ?
"MES FLAMMES ATTEIGNENT LES 4 000 DEGRÉS... IL NE RESTERA RIEN DE TOI, PAS MÊME LES OS !!"
MADAME FAISAIT LA MALIGNE, ALORS FORCÉMENT ELLE A ÉTÉ DÉGAGÉE AVANT MÊME D'AVOIR EU LE TEMPS DE SE PRÉSENTER !
FUIT
FUIT
VROUF
AU SE-COURS !
AU FEU !
ZUT, MA BIÈRE A TIÉDI...
TAP
TAP
AU FEU, LES POMPIERS ...
LE PANDA QUI BRÛLE !
C'EST L'IDÉAL POUR LES GRILLA-DES...
PSHH
FRSHH
JE TE DEMANDE PARDON !
TU VEUX BIEN ÉTEIN-DRE LES FLAMMES ?!
S'IL TE PLAÎT !
LA BIÈRE, ÇA SE MARIE MOINS BIEN AVEC LA RAIE QUE LE SAKÉ ...

DARWIN'S GAME, vol. 3

First published in Japan in 2014 by Akita Publishing Co., Ltd., Tokyo
French translation rights arranged with Akita Publishing Co., Ltd.
through Tuttle-Mori Agency, Inc., Tokyo

Édition française

Traduction :
David Le Quéré

Adaptation graphique :
Clair Obscur

ISBN : 978-2-35592-768-3
Dépôt légal : janvier 2015
Achevé d'imprimer en France par Aubin Imprimeur